Die kleine Bucht …
des Flusses Lauf

Für Maus und Lauri

– und die dann kommen

Der Mond ist aufgegangen
die goldnen Sternlein prangen am Himmel‹hell und klar,
der Wald steht schwarz und schweiget
und aus den Wiesen steiget der weiße Nebel wunderbar.

Wie ist die Welt so stille und in der Dämmrung Hülle …

EIGENTLICH VON MATTHIAS CLAUDIUS

Thorsten Lindemann

Die kleine Bucht des …
Flusses Lauf

wahre philospohische Langlaufgeschichten

Bibliografische Information »Der Deutschen Bibliothek«:
Die »Deutsche Bibliothek« verzeichnet diese Publikation in der »Deutschen
Nationalbibliothek«; detaillierte bibliographische Daten sind im Internet unter
http://dnb.ddb.de abrufbar.

1. Auflage 2006
© Thorsten Lindemann

Herstellung und Verlag:
Books on Demand GmbH, Norderstedt

ISBN 3-8334-4729-X

Inhalt

Anmerkungen:
Maus → Ehefrau des Autors mit dem Vornamen Waltraud
Lauri → Tochter des Autors mit dem Vornamen Laura

MEIN »Etwas« träumte mir

von einer kleinen Bucht in
des …. Flusses Lauf -
nahe dem Orte »Überall«;

dort,   wo –

ICH und du, auch du, als Bestandteil dessen,
was man Leben nennt, vergehen,
nach und nach;
mit alledem,

WAS Fluss der Zeit geschwemmt,
und vergänglich sich bereitet;

SPUREN von Gestern, und darüber hinaus;
von Bedeutung,
vielleicht auch nicht,
und mit dem Namen
»Vergänglichkeit«.

HINTERLÄSST nach dem ….,

was dann »flüchtig JETZT« –

das -

»Es war einmal ….!«

Thorsten Lindemann, 12. Juni 2005

Der Weg ist das Ziel

Einleitung

Ich sitze am Schreibtisch, es ist mitten in der Woche gegen 22.00 Uhr und ich versuche einen Rückblick; »schreibe endlich die Einleitung«, rufe ich mir innerlich zu – die letzten Zeilen, die die ersten sein sollen zu diesem Werk.

Also müsste die Betitelung hierzu eigentlich »Ausleitung« heißen, denn es ist der 27. April 2005 und fast die gesamten Aufzeichnungen zu diesem Schriftstück sind bereits mit dem Hamburg Marathon niedergelegt.

Auf was lässt sich der Käufer dieses Buches ein? Werden ihm fachsportliche Informationen mitgeteilt oder nur lauflustige Geschichtchen unterbreitet?

Wird der Leser sich motiviert in das Abenteuer »Marathon« stürzen – vielleicht, nach langer Enthaltung, sich einfach nur einen gemütlichen Spaziergang zu ungewohnter Zeit gönnen, Zurücklehnen und sich wundern über so manche Verrücktheit?

Fragen werden beantwortet, Fragen werden sich bilden, unbeantwortet wird vieles bleiben!

Alles kann möglich sein!

Der Inhalt dieser persönlichen Niederschrift setzt sich nur wie nebenbei aus laufsportlichen Informationen zusammen. Vielmehr versteht sich diese grundsätzlich als erweitertes Lauf – Tagebuch mit philosophischer Charakteristika.

Daten zu: Herzfrequenz, Laufstil oder ganz allgemein ausgedrückt – Trainingsverhalten, sind zwar Bestandteil der Ausführungen, besitzen aber nicht den eigentlichen Stellenwert.

Die Bestimmung dieses Schriftstücks ist also in Bezug auf ⇨

> »DER LANGE LAUF
>
> UND DEREN
>
> NEBENWIRKUNGEN«

zu setzen.

»Denn Philosophie ist für alle da« – jedenfalls für diejenigen, die sich dem nicht verschließen wollen!

Also, der »lange Lauf« als eine Art von Meditation?
Die Antwort lautet – »Ja«!
  Gedanken, die sich hierbei bilden und die wir eher unserer Traumwelt zuordnen möchten, können für sich stehen oder in Beziehung zu rationell- logische Strukturen sich aufbauen.

Informationsverarbeitung und Kreativität als gleichwertige Bestandteile einer Lebensphilosophie!

Dieses Buch stellt so genommen eine besondere Art von philosophischer Idee dar. Lauferlebnisse und die damit verbundenen inneren Gedanken, sind in diesem aufgezeichnet und hinterfragt.

Ausgangspunkt ist ein vorbereitendes Lauftraining zu einem Marathon.

Jede Geschichte steht grundsätzlich für sich allein; bildet aber durchaus auch Bezug zu den vorherigen- beziehungsweise zu den nachfolgenden Läufen.

Ich wünsche Ihnen eine angenehme Lesezeit.

Thorsten Lindemann

Rückläufige Zeit

Ich befinde mich in der Vorbereitungsphase zu einem Marathon. Am 05. September dieses Jahres werde ich am Steinhuder Meer Marathon teilnehmen. Damit dieses Vorhaben gelingt, sind in der Woche durchschnittlich fünfzig Kilometer mit Laufen eingeplant.

Fester Bestandteil wird der wöchentliche –

LANGE LAUF

sein.

Es ist 06.00 Uhr morgens. Ich habe mir vorgenommen um 06.30 Uhr zu einem $2\,{}^{1}/_{4}$ Stundenlauf zu starten. Die Trainingsstufe, in der ich mich im Moment befinde, wird als Eingewöhnungsphase bezeichnet. Mein neuer Trainingsplan ist zum Marathontermin ausgerichtet und wird mich bis zum Tag davor begleiten.

Die vorige Woche sollte eigentlich der Regeneration dienen. Allerdings hatte ich im Vorfeld der Trainingsplanung nicht bedacht, dass ich in der besagten Woche an den Kreismeisterschaften in Hannover teilnehmen sollte.

Nun ja, somit hatte ich am Freitag, den 02.07.2004, einen zehntausend Meter Wettkampflauf.

Rückblickend verlief diese Veranstaltung für mich gar nicht so schlecht. Mit einer Zeit von 00:49:25 hatte ich die Ziellinie überschritten. Das entspricht immerhin einer Durchschnittsgeschwindigkeit von 3,37 m/sec.; ergab dann auch in meiner Alterklasse Platz sechzehn. Immerhin waren zweiundfünfzig Mitläuferinnen und Mitläufer meiner Alterklasse am Start gewesen. Sollte ich mich bewerten? – warum eigentlich nicht, also »gehobene Mittelklasse.«

Dem Erfolg auf der einen Seite steht der Nachteil auf der gegenüberliegenden entgegen. Leider hinterlässt solch ein Wettkampf auch unangenehme Spuren. Zwar regeneriert der Organismus bei Schonung, aber was ist, wenn man sich mitten in einem Trainingszyklus zu einem Marathon befindet?

Fakt ist, dass sich durch die relativ hohe Herzfrequenz beim Wettkampf Milchsäure im Körper bildet und diese den Organismus negativ beeinflusst. Folge dieser körpereigenen Reaktion ist die Übersäuerung des Gewebes. Letztendlich sind Muskeln und der Bewegungsapparat für die folgenden Tage relativ stark in Mitleidenschaft gezogen und bedürfen der Erholung.

Nach nunmehr acht Tagen der Regeneration beziehungsweise des schonenden Laufens, steht also wieder ein langer Lauf an.

Schon zu Beginn meines Laufs spüre ich eine gewisse Schwergängigkeit im Bewegungsablauf. Die Strecke führt über einen Feldweg nach Heisede, folgend Ruthe, Schliekum, um dann zum Giftener See einzubiegen. Von dort soll es in Richtung Sarstedter Innenstadt gehen, um heimwärts zu gelangen.

Eigentlich kann ich mir im Moment nicht vorstellen, dass ich einen 2 $\frac{1}{4}$ Stundenlauf bestreiten kann.

Ich erblicke weit und breit keinen Menschen. Erst als mein Weg durch Heisede führt, sehe ich eine alte Frau mit Kopftuch gemächlich und mit gesenktem Haupt die Dorfstraße entlanggehen. Und wie ich sie so gehen sehe, kommt es mir dabei so vor, als wäre die Zeit rückläufig; Mütterchen auf dem Weg um Milch vom Bauern zu holen. Ich spüre, dass mein Lauf runder wird. Gedanken kommen und gehen, so, als stände man geistig neben sich und verfolge die auftauchenden Bilder mit anerkennenden Abstand. Ich bin ruhig, gelassen und entspannt. Der Bewegungsablauf erfolgt irgendwie mechanisch, scheinbar ohne Kontrolle, mühelos und leicht.

Meine anfängliche Skepsis zu diesem Laufvorhaben erweist sich erfreulicherweise als nicht zutreffend. Ich fühle mich wohl, meine Herzfrequenz bewegt sich zwischen 125 und 135 Schlägen in der Minute.

Den größten Teil meines Laufs habe ich nun schon hinter mir liegend. Nunmehr biege ich zum Giftener See ein. Ein älterer Herr fährt auf seinem uralten Fahrrad vor mir her. Es ist erst die zweite Person die ich zu dieser frühen Sonntagsstunde wahrnehme und irgendwie passt auch dieses Bild zu dem der alten Frau von vorhin. »Alte Frau mit Kopftuch« – »alter Mann auf einem noch älteren Fahrrad«.

Es ist mir zur Gewohnheit geworden, dass ich bei einem langen Lauf an der Kirchentür zu St. Paulus in Giebelstieg einen dort in der Tür eingearbeiteten Engel über dessen Gesicht streiche. Leider ist das Eingangsportal zum Kirchenraum verschlossen. Wäre ja mal was Neues eine Runde in der Kirche zu drehen. Klappt also leider auch diesmal nicht. Und so trete ich den Heimweg an. Beim Bäcker noch kurz Brötchen kaufen, um dann nur noch wenige hundert Meter bis nach Hause zurückzulegen. Ich schließe die Haustür auf und nehme schon den Frühstückstisch wahr. Eine warme Dusche tut das Übrige.

Maus, Lauri und ich sitzen am gedeckten Tisch, die Brötchen duften und das Licht der Kerze flackert vor sich hin.

Gedankenverloren und Begegnung

D er Zeitmesser zeigt 05.30 Uhr. Um 06.00 Uhr will ich den 2 $^1/_4$ Stundenlauf beginnen. Die Trainingsphase, in der ich mich jetzt befinde, wird als Aufbauphase bezeichnet. Wie wird das wohl weitergehen?

Die Strecke führt mich über die Feldmark nach Heisede, Ruthe, Schliekum, Jeinsen, Schulenburg, Barnten, Giften, um dann wieder nach Sarstedt zurückzugelangen.

Ich habe Jubiläum, denn mit diesem Lauf überschreite ich meinen sechstausendsten Laufkilometer. Statistisch gesehen befinde ich mich nunmehr – entweder in Zentralafrika (Süden), in Kasachstan (Osten) oder ca. 300km vor der Kanadischen Küste (Westen) beziehungsweise auf Spitzbergen (Norden).

Was denkt ein Läufer bei einem langen Lauf auf der Strecke?

Die Frage ist tatsächlich nicht ganz einfach zu beantworten. Aerobes Laufen, das bedeutet Bewegung im Sauerstoffüberschuss, setze ich mit Meditation gleich. Nur phasenweise sind Gedanken greifbar. Der Faktor Zeit spielt nur sekundär eine Rolle und scheint sich dem Läufer zu entziehen.

Und das ist gut so!

Gedanken, die aus sich selbst heraus an die Oberfläche dringen, geben sich oft ungezwungen und spielerisch. Aus der Tiefe tauchen verschüttete und verdrängte Daten des Daseins auf und setzen so manches Mal nicht wenig das Erstaunen frei.

Das konkrete Jetzt, das hier und im Moment Wahrnehmbare hingegen, wird sehr wohl fokussiert aufgenommen. Wobei wohltuend eine gewisse Distanz in Bezug zu Alltagsgedanken sich auftut.

Ist dir eigentlich schon bewusst aufgefallen, dass auf dem Verkehrsschild »Einfahrverbot für Fahrräder« kein Fahrradfahrer auf dem Fahrrad sitzend abgebildet ist? Seltsamerweise ist auf dem Schild »Einfahrverbot für Motorräder«, eine aufsitzende Person dargestellt.

Warum bewegt sich das Blatt vor mir von rechts nach links (?), obwohl ich den Eindruck habe, dass der Wind von vorn bläst!

Warum ist der Brunnen obenauf mit einem schmiedeeisernen Gitter versehen? Wenige Zentimeter tiefer ist dieser doch sowieso narrensicher mit Mauerwerk versiegelt! –, oder nicht?

Was denkt das Reh, welches ich auf dem Feld erspähe? Kann es überhaupt denken? Fühlt es sich vielleicht mir gegenüber überlegen? Keine hundert Meter zueinander entfernt blicken wir uns in die Augen; innehaltend!

Mein Lauf heute Morgen fällt mir wunderbar leicht.

In der Nähe des Giftener Sees, hinter der ICE Trasse, entwickelt sich in mir eine wohltuende Gelassenheit. Diese Gefühl nehme ich nicht nur körperlich wahr, sondern auch geistig.

Mein Bewegungsablauf läuft hervorragend rund und der Kopf ist frei von Ballast.

Experiment: Ich versuche mir die kommenden einhundert Meter intensiv einzuprägen. Ich schließe die Augen › der Lauf geht weiter › stelle fest, mein Gleichgewichtssinn ist verunsichert › nehme parallel zu dieser Feststellung wahr, dass ich meinen Körper viel intensiver spüre › der Lauf geht weiter › ich glaube, dass ich gleich vom Weg ab bin, also achte ich besonders auf den Untergrund, auf dem ich mich bewege › meine Ohren sind auf Empfindlichkeit eingestellt, die Sensoren am Fuß tasten feinfühlig ab › der Lauf geht weiter › mein Verstand meldet sich, und wertet dieses Gehabe als Unsinn › ich bin kurz davor die Augen zu öffnen um dieses Experiment abzubrechen. – Ich öffne die Augen.

Ein Schreck fährt mir durch die Glieder. Ich vernehme ein metallisches Geräusch direkt hinter mir. Spontan springe ich zur Seite, wende mich parallel zu meiner Reaktionen um, erblicke einen alten Mann auf einem Fahrrad, habe wieder festen Stand unter meinen Füßen und erwache erst jetzt richtig aus meinem geistigen Abtauchen.

Moin, sage ich; der Mann reagiert nicht und steigt von seinem Gefährt ab. Irgendwie kommt er mir bekannt vor. Er neigt sein Fahrrad von sich weg in die Schräge, bückt sich sichtbar angestrengt, und muss feststellen, dass die Kette vom Kettenkranz abgesprungen ist. Das war also das metallische Geräusch, welches mich Aufschrecken ließ! Ich biete meine Hilfe an, er nickt wortlos, holt Werkzeug aus der Fahrradtasche heraus, greift in eine am Rahmen befestigte Ledertasche mit eckig- länglicher Form, hält zwei Paar Arbeitshandschuhe in seiner Rechten und reicht mir davon meinen wohl zugesprochenen Teil entgegen. Wortlos, freundlich im Ausdruck seines Gesichtes, bestimmend und direkt. Ist das nicht der alte Herr, der mir auf meinem letzten Sonntagslauf aufgefallen war?

Wir arbeiten gut zusammen und die Reparatur geht fließend von der Hand. Die Betriebsfähigkeit des Verkehrsmittels – Fahrrad ist nach wenigen Minuten wieder hergestellt. Weiterhin wortlos. Das Werkzeug wird liebevoll in Lappen gehüllt. Behutsamkeit strahlt jede Bewegung des alten Mannes aus, – Arbeitshandschuhe klein und passend für die Fahrradtasche gefaltet, der Arbeitsplan scheint erfüllt und gelungen.

Mein älterer Arbeitskollege richtet seine Pedalen zum Aufstieg, blickt mir fast väterlich in die Augen, nickt dazu leicht dankend und freundlich den Kopf, schwingt sich auf das Rad › linkes Bein auf linke Pedale › Anschwung › rechtes Bein über Sattel, aufsetzend auf rechte Pedale › zurechtrückend, die Sitzposition findend › tretend, fahrend, sich entfernend › zurückblickend.

Alte Leute haben alles parat – Werkzeug und sogar zwei Paar Arbeitshandschuhe, die Hände blieben also sauber.

Science Fiction am frühen Morgen

D er Wecker klingelt, es ist 05.30 Uhr. Ich stehe auf, denn gegen 06.00 Uhr will ich zum 2 $^3/_4$ Stunden Lauf starten.

Ich bin gut motiviert und das Training läuft bislang angenehm Rund. Der Marathon um das Steinhuder Meer rückt immer näher (05.September) und dessen bin ich mir bewusst. Start hierzu wird im Dorf Poggenhagen sein.

Je näher ich an dieses Ereignis heranrücke, desto unsicherer werde ich allerdings; ja – und das bereitet mir etwas Sorgen. Habe ich genug trainiert? Habe ich überhaupt die richtige Trainingseinstufung für mich gewählt? Werde ich zum Termin fit genug sein, um der Anforderung zu einem Marathon gerecht zu werden? Und überhaupt, wie werde ich diesen Marathon körperlich und geistig bewältigen? Fragen über Fragen schwemmen sich in regelmäßigen Abständen an die geistige Oberfläche.

Es ist eindeutig: Ein solches Vorhaben steht also gleich mit positiven wie auch negativen Eindrücken. Phasen der Qual, wie aber auch beeindruckende und beflügelnde Emotionen bilden den Reiz zu dieser Hochleistungssportart. Ein Marathon ohne Anstrengung ist kein Marathon! Man muss sich selbst überwinden lernen, über sich hinausgehen, um dann spätestens wenige Kilometer vor dem Ziel ein überaus wohliges Gefühl erleben zu dürfen.

Ich werde sehen …

Der Lauf heute Morgen geht mir gut über die Füße. Und schon befinde ich mich in der Feldmark nördlich von Sarstedt. Mit Blickrichtung in die Ferne erspähe ich eine Person, die aus Richtung Ingeln / Össelse kommend, sich in überaus seltsamer Bewegung befindet. Der Abstand zu mir beträgt bei dieser Feststellung zirka zwei Kilometer. Es scheint, dass diese Person sich, aus ihrem Bewegungsablauf heraus, vom Erdboden hochstrebend löst, um dann unmittelbar folgend darauf einen relativ großen Satz nach vorn auszuüben; vorauslaufend zwei Hunde, die in seltsam- gleichmäßiger Positionierung zu sich und der besagten Person, sehbar freudig, vorwärts streben.

Dieser Bewegungsablauf zeigt sich mir so abstrakt, dass ich tatsächlich darüber irritiert bin. Kein Mensch kann sich so, aus eigener Kraft heraus, fortbewegen. Ich vergleiche das hier Sehbare mit meinen Vorstellungen zu einem Trampolinauftritt einer ungeübten Person; vorsichtig sich verhaltend in den Bewegungen, wie in Zeitlupe den eigenen Körper ausbalancierend.

⇨ Science Fiction am frühen Morgen!

Erst wenige hundert Meter vor mir kann ich das Phänomen richtig deuten.

Eine Dame, geschätztes Lebensalter – sechzig, lässt sich von ihren zwei Hunden, die sich im Hundegeschirr angebunden befinden, ziehen. Der Abstand der Hunde zueinander ist mit einem massiven Holzstab fixiert; zur laufenden Person führen dann, wie bei einem Pferdefuhrwerk, die Zügel. Wahnsinn!

Hochspringen – in der Luft sich vorwärts bewegen lassen – Aufsetzen.

Der Bewegungsablauf sieht aus der Nähe wirklich elegant aus. Sicherlich ist das nicht der erste Ausritt dieser Dame.

Als diese an mir vorbeizieht lächelt sie mir zu.

Mir fehlen die Worte und dazu muss ich wohl ziemlich dämlich aus der Wäsche geschaut haben.

Phantasie und Realität

0 5.00 Uhr aufgestanden; mit dem Vorhaben um 05.30 Uhr zum 3 Stunden Lauf zu starten.

Dieser Lauf wird im Training zur Marathonveranstaltung mein längster sein. Darüber hinaus wäre die körperliche Belastung nicht sinnvoll, Training soll ja grundsätzlich aufbauen!

Tja, – zumindest habe ich das in einem Fachbuch gelesen.

Wie sehen bei mir die Vorbereitungen am Vorabend zu einem langen Lauf aus?

Am Abend vorher lege ich mir die nötigen Gegenstände zurecht (Nähraum) – Kleidung, Laufschuhe (Sohle einlegen), Trinkgurt, Pulsuhr mit Brustgurt, Handy, Tempos, zwei Pflaster, Müsliriegel, Brötchengeld in Tempo einwickeln und befeuchten (die Münzen lösen sich so nicht und klimpern folge dessen auch nicht in der Gurttasche herum), Mineralwasser in offene Karraffe einfüllen (die Kohlensäure soll sich über Nacht verflüchtigen, da sonst die Trinkflaschen durch die Bewegung beim Laufen platzen könnten), Vaseline beilegen und Trinkwasser mit Glas zurechtstellen – Banane nicht vergessen.

Wie sieht bei mir der darauf folgende Morgen aus?

Der Wecker läutet (meistens wache ich kurz vorher auf), – schnell ausmachen (Maus und Lauri könnten aufwachen), aus dem Schlafzimmer schleichen und ab in die untere Etage (Nähraum mit Außentür zum Garten), Wasser trinken und eine Banane essen, Brustwarzen mit Pflaster abkleben, Laufkleidung überziehen, Toilettengang, Vaseline unter die Achseln auftragen, aber auch die Oberschenkelinnenseiten nicht vergessen, Pulsgurt befeuchten und umbinden – natürlich auch die dazugehörige Pulsuhr nicht vergessen – Kilometerzähler anstecken, Trinkflaschen mit Mineralwasser füllen, Trinkgurt umschnallen, Laufschuhe anziehen, letzter Schluck Wasser aus dem Glas, ab nach draußen in den Garten, Außentür leise zuschließen, Schlüssel gut verstecken, Kilometerzähler auf Null und Pulsuhr auf Start ⇨
                        ab jetzt nur für sich allein!

Die Sonne steigt auf! Ein roter Feuerball zeigt sich mir; kein Mensch weit und breit; Stille, die im Ohr hörbar scheint. Feuchtwarme Luft mit einem Hauch von Herbstfrische. Kaum Wind, nur ein Lüftchen, das beim Laufen als kleiner Widerstand sich mir entgegenstellt; meine Haut frisch befeuchtet. Die Schatten der Bäume strecken sich noch in die Länge. Das Jahr hat seinen höchsten Stand bereits erreicht und beginnt sich zaghaft zu wandeln.

Herzfrequenz 122; das Laufen fällt leicht; spürbar der Moment zwischen dem Abstoßen und dem Aufsetzen der Füße – Schweben mit Verfallsdatum von fast Jetzt!

Ich überquere die Bundesstraße bei Ampelzeichen »Rot« für Fußgänger. Ich bin allein auf diesem Planeten – kein Mensch ist zu sehen, kein Fahrzeug auszumachen.

Um 6.30 Uhr laufe ich in Heisede ein. Wie zur Begrüßung geben die Glocken des Kirchturms hörbar mir die Uhrzeit kund.

Hinter Heisede ist der ICE schwach wahrzunehmen. Ich stelle mir vor, dass dieser führungslos dahin gleitet. Auch Fahrgäste sind nicht in diesem. Ferngelenkter Zug nach Fahrplan, Computergesteuert, nicht zu korrigieren, unwiderrufbar.

Zwischen Heisede und Ruthe unterlaufe ich eine Hochspannungsleitung. Meine Pulsuhr spielt verrückt – zeigt Herzfrequenz 223 an. Es knistert in der Luft, deutlich und klar. Wie kann man das Geräusch beschreiben, – schreiben? Knapsik … nabschs … Es ist zittrig, dumpf und gleichzeitig hell im Ton – fiebrig. Zugvögel gesellen sich auf dem Überlandkabel. Reizstromtherapie – elektromagnetische Wirbelströme, sicherlich nach Verordnung verschrieben und gut gegen Verspannungen sowie bei Gelenkproblemen angezeigt. Die Zuzahlung nach Gesundheitsreform wird aber sicherlich hier umgangen.

Zwischen Ruthe und Schliekum weist ein Schild auf die Möglichkeit hin, frische Eier zu erwerben. Unmittelbar nebenstehend ein weiteres Hinweisschild – landwirtschaftliches Versuchsgelände der Universität Hannover.

Meine Vorstellung hierzu:

Genmanipulierte Eier, eckige Form zeigend und dazu auch noch wohlschmeckend. Das ständige Herunterfallen von Eiern mit naturgegebener, sprich – gefälliger Form gehört der Vergangenheit an. Wer will denn immer die unliebsame Reinigungsarbeit nach stattgefundenem »Platsch« am Frühstückstisch übernehmen? Der Genuss dieser genmanipulierten Ware ist ein Renner, modern und steht außerdem außer Frage; Widersprüche werden unterlaufen, abgewertet, totgeschwiegen oder mit raffinierter Rhetorik hemmungslos platt gemacht.

Bei eventuell auftretenden Nebenwirkungen – fragen sie ihren Verkäufer oder ihren Notarzt!

Mir kommt ein Fahrzeug der Diakoniestation Sarstedt entgegen; – erstes Anzeichen von Überlebenden? Die fahrende Person nehme ich nicht wirklich wahr. Sollte dieses Gefährt ebenfalls nach Programm gesteuert sein? – Zielgerichtet und nach Zeitvorgabe programmiert, auf Grund von gesundheitspolitisch-überlebensfeindlicher Gegebenheiten das übernächste Ziel schon im Auge!

Am Giftener See hüpft mir ein Frosch, querführend zu meiner Laufrichtung, über den Weg.

Frösche sind Außerirdische! – Frogs, so nannte man die fremden Wesen aus dem All in der Fernsehserie »Raumschiff Orion«. Vor Jahrzehnten war diese Fernsehreihe ein Straßenfeger. Straßenfeger? Diese Bezeichnung erscheint mir Uralt; was einem beim Langlauf alles an die geistige Oberfläche schwappt!

Und jetzt – … tatsächlich!

Ich nehme Menschen wahr. Ein Wagen steht parkend direkt am Giftener See.

Es ist gegen 8.00 Uhr Mitteleuropäischer Zeit. Beide Fahrzeugtüren stehen offen. Zwei Personen sitzen im Personenkraftwagen und stoßen Rauch aus ihren Mündern. Zigarette rauchend sitzen diese nebeneinander; Männchen und Weibchen, sprechen sich zu, schauen dabei in ihre Gesichter; Lebensalter zirka zwanzig. Ich laufe ruhig und gelassen am Wagen vorbei; schnappe Wörter auf, Wörter die aneinander gereiht etwas aussagen – Satz bilden: »Fall hin, Jogger, fall hin!« Ich laufe weiter, kümmere mich nicht! – »Jogger, fall hin!« höre ich nochmals, kümmere mich nicht, eine Gegenreaktion ist es nicht wert, es ist mir tatsächlich vollkommen egal! Laufen erzeugt eine Art von »meditativen Zustand« und darin liegt »Gelassenheit als Fundament«! Ich fühle mich wohl! Scheinbar Überlebende einer primitiven Rasse – Dekadenz mit Führerschein. »Jogger, fall doch hin« – im Zeitalter von »Fuck you« und »Stinkfinger« klingt diese Formulierung doch eher niedlich, scheint nicht aus dieser Zeit.

Ich mildere meine Bewertung zu diesen Personen und halte für mich fest: es sind wohl unerzogene Zeitreisende.

Mein langer Lauf geht weiter.

Aus der anliegenden Gartenkolonie höre ich Altbekanntes: Kaffeetassenlöffelaufuntertassengeräusch! – man kann sich den duftenden Kaffeegeruch erhören.

Auf dem Sarstedter Friedhof einlaufend:

Wasserkanne schnappen – diese füllen – Grab der Eltern gießen – Tschüss – Kurzbesuch im Sauseschritt. Auf Höhe der Friedhofskapelle trete ich fast auf eine daliegende tote Maus, weiche noch im letzten Moment aus. Welch geeigneter Ort für Dahingeschiedene.

Mein Großvater, den ich Opa Illten nannte, soll einmal gesagt haben: »Auf dem Friedhof sind die besseren Menschen!«

Ich belaufe den Feldweg zwischen Friedhof und Gaszweigstation. In der Ferne erkenne ich einen herrenlosen Hund. Näherkommend muss ich mich korrigieren; aus dem Hund wird ein Fuchs, aus dem scheuen Fuchs wird ein bedrohliches Tier. Der Fuchs bleibt stehen, ich setze meinen Lauf fort, komme immer näher, und näher, der Fuchs schaut mich an, so als wollte er sagen: «Schau mir in die Augen, Kleiner!«, rührt sich nicht, wendet sich mir zu – bleibt immer noch stehen; Entfernung keine hundert Meter. Ich denke an Bisswunden, Entzündungen, nässende Verletzungen, Tollwut; – was ist Milzbrand? Ich suche eine Waffe. Wo ist ein Stock?

Der Einfall: Ich löse die Verschlusskappe meiner Trinkflasche; werde diese als Waffe eventuell anwenden – mit Wasser spritzen, welch herber Verlust – Trinkwasser ist kostbar.

Mir fällt das Entsichern einer Schusswaffe ein; Truppenübungsplatzbestimmung, Aufsicht beim Schützen – Spannung.

Der Fuchs bleibt weiterhin stehen, bin fast bei ihm, Schusswaffe in Bereitschaft und entsichert – erstmalig verabschiedet sich meine Herzfrequenz aus dem aeroben Bereich – Puls 155, Tendenz steigend! Auf fast gleicher Höhe mit dem scheinbaren Gegner, Entfernung zirka ein Meter, verändert sich die Sachlage immer noch nicht; Spannung! ›Fuchs steht – Mensch läuft!‹ – Mensch läuft am Fuchs vorbei!

Hinter mich schauend sehe ich, dass das Tier sich nunmehr in Richtung Feldfläche entfernt. Herzfrequenz aerob, 125 Schläge in der Minute, ausdauernd und gleichmäßig. Bin gut im Training!

Vor Ahrbergen kommen mir zwei Joggerinnen entgegen. Moin. Fast zeitgleich grüßt man sich. Ich sehe, dass der Blick abwärts auf meine Hose schwenkt. Nein, nicht mittig festsetzend, wer wird denn so etwas Denken(?), sondern, links außen, auf Oberschenkelhöhe sich findend. Deutsches Sportabzeichen in Silber. Husch, und vorbei.

In Giebelstieg nähere ich mich dem Kirchengebäude St. Paulus; verschlossene Kirchentür; Engeldarstellung am Eingangsportal kurz über Kopf fahrend, so setze ich meinen Weg fort.

Der Wagen des Pastors steht vor dessen Gemeindehaus. Auf dem Rücksitz befindet sich ein Kunststoffbehälter mit acht Aktenordnern. Verwalteter Glauben auf Rädern – fällt mir dazu ein!

Auch denke ich dabei an eine Flasche Amselfelder mit Preisetikett – 2,48 Deutsche Mark – Aldi, die ich vor längerer Zeit im Urlaub in einer historischen Kirche in Ostfriesland hinter dem Altar, gut versteckt, aber leicht zu finden, gesichtet hatte. Abendmahl per Sonderangebot. Hätte man den Inhalt dieser Flasche nicht in ein neutrales Gefäß umfüllen können?

Am Ende dieses Laufes werde ich Brötchen mit nach Hause bringen. Ich stehe beim Bäcker, es ist 8.45 Uhr. »Was wünschen sie?«, fragt mich die Verkäuferin. Ich antworte: »Entschuldigung, ich habe mich geirrt!« Was war das denn? Ich wundere mich beim Verlassen der Bäckerei über mich selbst. Wo war ich mit meinen Gedanken? So ein Blödsinn, altdeutsche Brötchen sollten es doch heute Morgen sein, und diese gibt es nur in der Innenstadt.

Also, Lauf verlängern – so denke ich bei mir, und trabe los, entferne mich wieder von meinem Endziel.

Ich habe die gewünschten Brötchen in der Hand und trete meinen Rückweg an.

08.58 Uhr im Ziel; also zu Hause!

Es gibt nur wenig Schöneres als eine Dusche mit anschließendem Frühstück im Garten bei schönem Wetter.

Maus hat den Frühstückstisch bereits gedeckt. Das Frühstücksei fehlt dabei natürlich nicht. Ein gelungener Auftakt zum Sonntag.

Ach ja, mein Frühstücksei war gefällig und wohl geformt, rundlich oval – zum Herunterfallen geeignet.

Aber was wäre das Leben ohne Risiko!

Runner's High

Noch vier Wochen bis zum Steinhuder Meer Marathon.

Letzte Woche bin ich annähernd achtzig Kilometer gelaufen und die Anspannung zu meinem Vorhaben zeigt sich mehr und mehr.

Zum heutigen Sonntag habe ich mir einen 3 Stunden Lauf vorgenommen. In der übernächsten Woche wird das Trainingspensum langsam heruntergefahren, um dann in der Woche vor dem Marathon selbst die Regenerationsphase zu genießen.

Der Wecker klingelt hemmungslos um 05.00 Uhr morgens.

Traumverschlafen und mit noch nicht geöffneten Augen drücke ich den nervenden Ton aus, gerate oberflächlich nochmals in Schlaf. Plötzlich schrecke ich auf, stehe vor dem Bett und schaue um mich; es ist 05.15 Uhr. Also befinde ich mich im zeitlichen Verzug.

Noch Schlafverhangen gehe ich zu den vorbereitenden Abläufen über. Anziehen, Banane essen, Wasser in Trinkbehälter einfüllen und so weiter.

Je mehr ich mit den Vorbereitungen vorankomme, desto nachdenklicher werde ich. Schlechte Voraussetzungen zu einem 3 Stunden Lauf!

Dennoch befinde ich mich schließlich um 05.35 Uhr vor der Haustür.

Mein Lauf beginnt mit Mühe. Ich spüre, dass ich total steif in den Gelenken bin. Nur mit Überwindung und gegen Widerstand ist der Bewegungsablauf auszuführen. Frust kriecht in mir hoch.

Ich kann mir zu diesem Zeitpunkt nicht vorstellen, dass ich 3 Stunden durchlaufen werde.

Ich sollte mich in meinem Urteil gewaltig irren; dieser Langlauf wird mein bislang schönster- und eindrucksvollster Lauf werden.

Die Sonne ist noch nicht aufgestiegen. Nur Vorboten kündigen mit zaghafter Helligkeit und vielfarbig, am Horizont die baldige Ankunft an. Die Luft noch schwül vom Vortag, Abkühlung hatte die Nacht kaum gebracht, – aber leichter Wind umweht mich, eher Fönluft gleichend.

Verhaltene Qual und Selbstdisziplin stehen diesem Naturschauspiel gegenüber. Treten sozusagen in Konkurrenz, zu dem, was sich mir hier darstellt.

Hinter Heisede ein verendeter Hase am Fahrbahnrand. Im letzten Moment bemerke ich diesen. Fast erschrecke ich bei dem Anblick; die glanzlosen Augen regungslos offen und das Innere des Körpers nach außen, wie gewendet. Selbst überrascht über diese, meine Reaktion, erinnere ich mich an ein Gespräch vom Vorabend bei Bekannten, in dem diese mitteilten, dass in dessen Familienkreis vor wenigen Tagen ein Selbstmord durch Erhängen ausgeübt worden war. Die betreffende Person hinterlegte auf dem Flur noch die Nachricht –»bitte schaut im Keller nach«! Vor der Tat säuberte diese noch die Wohnung und ordnete diverse Unterlagen, so als sollte den Familienmitgliedern Arbeit erspart werden.

Meine Gedanken schweifen ab, verflüchtigen sich, verwischen sich mit der gleichmäßigen Bewegung meines Laufes. Ich spüre, dass der Bewegungsablauf runder wird; die Leichtigkeit der Schritte nimmt zu und ich ziehe meines Weges.

Zwischen Schliekum und Jeinsen nehme ich in der Ferne einen hochfahrenden Fesselballon wahr. Dieser kommt aus Richtung Hildesheim und scheint sich gemächlich dem Ort Hannover zuzuwenden. Innerlich versuche ich die Flugbahn zu schätzen. Vielleicht kreuzen sich unsere Wege ja.

Hinter Jeinsen geschnittene Felder, Erdschollen und der Geruch von feuchtwarmer Erde, – Stimmungsreste von Heuernte durchfließen meine Gedanken. Dazu schlagen die Bäume zu dieser Stunde noch lange Schatten.

Den Blick wendend, überrascht mich die Nähe des Ballons.

Ich winke den Besatzungsmitgliedern zu; in der Hoffnung gesehen zu werden und gegebenenfalls eine Reaktion der Ballonfahrer entgegenzunehmen. Ich laufe mittig auf der Straße da kein Fahrzeug auszumachen ist, stelle fest, dass obig des Ballons sich eine Öffnung zeigt und die Luftfahrer sich in Sinkflug begeben. Ich schätze die Entfernung zu mir auf ungefähr tausend Meter; der Ballon verliert drastisch an Höhe und hierzu bewegt dieser sich unheimlich schnell in meine Richtung. Das Luftfahrzeug erscheint mir zunehmend bedrohlich Groß in seinen Ausmaßen. Der Fesselballon ist besetzt mit drei Personen; drei bis vier Meter über Grund bewegt dieser sich genau auf mich zu. Ich versuche meine Laufgeschwindigkeit so zu variieren, dass der Ballon kurz vor mir die Straße, beziehungsweise meine Laufbahn, kreuzt. Der Eindruck, der sich mir bietet, ist gewaltig! Geschätzte Fünfzehn bis zwanzig Meter vor mir ruft ein Ballonfahrer mich an:«Hallo Läufer, wir beobachten sie mit dem Fernglas schon seit hinter Ruthe; wir wünschen ihnen weiterhin einen guten Lauf, und einen schönen Sonntag noch.« Ich winke, rufe »Danke gleichfalls« – kann die Situation eigentlich gar nicht realisieren; höre und sehe, wie der Ballon wieder befeuert wird und an Höhe gewinnt; entfernt sich in Richtung Himmel. Ich winke; die Himmelsstürmer winken – wir winken, entfernen uns voneinander; Begegnung der Grenzgänger!

Ich laufe und laufe. Ein wunderschönes Gefühl durchströmt mich. Ein Seufzer entweicht mir, fast feuchte Augen; und da erlebe ich es: »Endorphin wird in mir freigesetzt,« das körpereigene Glückshormon durchflutet meinen Körper – der Runner's High verleiht Flügel.

In der sportmedizinischen Fachliteratur beschreibt man den Runner's High mit folgenden Worten:

Ein seliger Rauschzustand, man spürt den Körper nicht nur, sondern erlebt ihn. Die Gedanken steigen nach oben, man fühlt sich leicht und unbeschwert. Selbst Schmerzen können bei diesem Phänomen neutralisiert werden.

Ich neige zum schnelleren Laufen, alles ist so leicht; die Bewegungsart »Laufen« wird zunehmend zum Genuss.

Ich sehe die ersten Fahrzeuge auf der Straße und bemerke, dass ich mich immer noch auf dieser befinde. Ich wechsele von der Fahrbahn zum Fahrradweg über. Der mir entgegenkommende Wagen trägt die Aufschrift »Ballonfahrdienst«. Die folgenden drei Fahrzeuge, die mit Anhängern bestückt sind, scheinen dazu zu gehören. Das führende Fahrzeug verringert die Geschwindigkeit, die Seitenscheibe wird gesenkt und auf gleicher Höhe zu mir ruft der Fahrer mir zu: »Nochmals schöne Grüße von Oben!« – und schon fährt dieser weiter; ich komme gar nicht dazu eine Erwiderung auszusprechen. Ich sehe nur noch, dass der Beifahrer ein Funkgerät in der Hand hält.

Der Runner's High durchflutet mich. Ich genieße meinen Lauf und das, was man dabei erlebt und fühlt.

Ich laufe dem geplanten Wendepunkt entgegen. An der Kreuzung in Schulenburg links ab und dann zurück Richtung Sarstedt; … so war es zumindest vorgesehen.

»Warum soll ich an dieser Stelle den Rückweg antreten? Ich bin frei! Falls der Lauf allzu lang werden sollte, kann ich per Handy Maus davon unterrichten; alles kein Problem!«

Und so beschließe ich für mich, nicht links abzubiegen, sondern gerade aus weiterzulaufen; Richtung Adensen – Ziel: vor Adensen links zu schwenken, um zur Marienburg zu gelangen.

Gefühle der Leichtigkeit durchfluten mich weiterhin! In Schulenburg sehe ich eine Gastwirtschaft, die mir bekannt vorkommt. »Na klar!« Vor Jahrzehnten war hier eine Diskothek; und Maus sowie ich waren öfters hier anzutreffen.

Ich fliege die Steigung zur Marienburg hinauf; ganz leicht und mit ruhiger Herzfrequenz.

Habe ich nicht vor Jahrzehnten, also als Jugendlicher, diesen Hügel mit Freunden zusammen auf unseren Fahrrädern erklommen? Damals war nur wenige Tage vorher die Marienburger Gaststätte in Flammen aufgegangen. Es hieß, dass am Abend zuvor die Nordstemmer Feuerwehr dort ein Festchen abgehalten haben soll.

Mir ist noch gut in Erinnerung, dass diese Fahrradfahrt uns fast so wie eine halbe Weltreise vorkam. Aber was macht man nicht alles für eine ruhig gerauchte Zigarette fernab von unseren Eltern. Wir hatten immer eine Schachtel Zigaretten in der alten Sarstedter Stadtmauer, nahe dem Freibad, in einem Fugenloch versteckt gehalten um in unbeobachteten Momenten, also beim Stadtgang, nach und nach einen Glimmstängel entnehmen zu können und heimlich aufzupaffen.

»Aus heutiger Sicht – alles ganz schön verklemmt. Oder nicht?«

Die Zeit war damals eine andere und die Abenteuer, die wir erlebten, hatten eine besondere Qualität!

Nach diesen Gedankenstürmen kommen mir plötzlich Zweifel zu meinem erweiterten Laufvorhaben.

Der Runner's High neigt sich dem Ende entgegen. Was mache ich da nur? Vier Wochen vor meinem Marathonwettkampf solch ein langer Lauf und dazu stelle ich auch noch fest, dass mein Trinkwasservorrat gar nicht ausreicht! Mir fällt das Laufen plötzlich schwerer, hinzu meldet sich meine Pulsuhr und gibt Alarm, denn die Herzfrequenz bewegt sich im anaeroben Bereich! Und das auch noch – mein linkes Knie beschwert sich.

Ich habe Bedenken – soll ich Aufgeben, Anruf zu Haus, … bitte abholen!?

Ein Fahrradfahrer kommt mir Hügel abfahrend entgegen; Sportfahrrad, Person professionell gekleidet. Wir grüßen uns zeitgleich – Sportler unter sich, aufgeschlossen und natürlich. Jeder zieht seines Weges.

Und plötzlich spüre ich wieder meine Kraft. Endorphinschub Nummer zwei – und auf geht's!

Ich laufe weiterhin Bergauf, ohne große Mühe nähere ich mich dabei der Marienburg. Der große Parkplatz ist gefüllt mit mehreren Personen die jeweils einen oder mehrere Hunde an der Leine führen. Spaziergang mit Hund. Die Gruppe wendet sich diszipliniert einem Seitenpfad zu und entzieht sich somit meiner Aufmerksamkeit. Schon bin ich wieder allein! Aus der Ferne höre ich Hunde bellen. Meine Wahrnehmung sagt mir, dass dieses aufgeregte Anschlagen der Hunde aus Richtung der Marienburg kommen muss.

Die Burghunde nehmen wohl meine Witterung auf und geben Meldung. Nunmehr laufe ich auf die Torbögen der Burg zu. Schnell das Handy aus der Tasche und ein Foto gemacht – sonst glaubt mir keiner meinen langen Lauf. Folgend vollziehe ich eine Kehrtwendung und trete auch schon den Rückweg an. Auf dem Parkplatz trifft noch ein Nachzügler mit seinem Hund ein: »Können sie mir sagen, wo die anderen mit ihren Hunden langgegangen sind?« Ich zeige in die Richtung – »Danke.«

Die weiterführende Strecke verläuft abwärts auf der Straße; hinunterweisend auf der anderen Seite der Marienburg, Richtung der Ortschaft Nordstemmen. Das Sonnenlicht flackert gemächlich zwischen den Bäumen hervor und zeichnet lange Baumschatten; der Organismus Wald lebt, rekelt sich im Winde. Die Luft ist klar und die Gerüche von Baumrinde, Erde und Moos vermischen sich zu einem ganzen wundervollen Etwas. Deutlich höre ich einen Specht klopfen. Er muss ganz in meiner Nähe sein. Ich schaue um mich und suche während des Laufens nach diesem. Jetzt zeigt er sich mir. Keine zehn Meter entfernt bearbeitet Meister Specht einen imposanten Baum. Dong, Dong, Dong …,Dong – gezielt scheint er die auserwählte Stelle zu treffen, plötzlich wendet er sich mir zu, schaut wieder zur Baumrinde, schlägt wieder seinen Takt, so als wolle er sagen: »Was interessiert mich dieser Mensch, es gibt Wichtigeres!« Ich fühle mich gut, bin eins mit der Natur.

Der Song »Yesterday« von den Beatles kommt mir in den

Sinn und ich versuche mich an diesem mit Gesang. Aber schon kurz nach den ersten Tönen muss ich feststellen, dass selbst mein immer noch wirksames Endorphinhormon meine schrägen Töne nicht richten kann. Also versage ich mich dem Singen und versuche zu Pfeifen ..., na also – geht doch.

Die Strecke Nordstemmen, Rössing bis Barnten zieht sich. Ich befinde mich im Bereich des dreißigsten Laufkilometers.

Der Mann mit dem Hammer scheint sich anzukündigen.

Mein Körper stellt sich um. Energiereserven werden abgerufen. Zwischen dem dreißigsten und fünfunddreißigsten Laufkilometer spielt die Kopfarbeit zunehmend eine dominierende Rolle.

Sportwissenschaftler sagen, dass positives Denken in dieser Phase entscheidend über den weiteren Verlauf der Aktivität sein kann. Aber wichtige Tatsachen lassen sich nun mal nicht gänzlich ignorieren; ich habe zu wenig getrunken! Vier Trinkflaschen am Gürtel sind nicht ausreichend für solch eine lange Laufstrecke – und festzustellen ist, dass ich nur noch eine halb gefüllte Trinkflasche habe.

Kurz vor Barnten kommt mir eine Person mit Hund entgegen. Der Schäferhund läuft nicht angeleint, nähert sich mir. Der Hundebesitzer ruft sein Tier, ... – keine Reaktion. Mit großen Sprüngen läuft der Schäferhund auf mich zu. Ich bleibe stehen, »bloß nicht diesem Wolf in die Augen schauen.« »Der Hund tut nichts, der will nur spielen!« – ruft der Hundebesitzer mir zu. Der Hund tänzelt um mich herum und knurrt dabei – wie beruhigend. Endlich hat mich der Mann erreicht, nimmt seinen Besitz an die Leine und zieht ohne weiteren Kommentar seines Weges.

Ich bin erleichtert aber auch verärgert, und rufe hinterher: »Sie machen durch ihr Verhalten die beste Werbung für Hundebesitzer!« Keine Reaktion.

Sturheit und Uneinsichtigkeit gehen oft Hand in Hand!

Mein Lauf führt mich weiter.

In der Ortschaft Giften beginnt meine linke Brustwarze an zu schmerzen, ich schaue auf mein Hemd, und stelle fest, dass sich dort ein zirka 2cm kreisrunder Blutfleck gebildet hat.

Na Klasse, hatte ich denn nicht letztes Mal in meinen Lauftagebuchaufzeichnungen darüber geschrieben, dass man vor einem langen Lauf die Brustwarzen abkleben sollte? Da bin ich ja heute ein Vorzeigeläufer. In der Hektik des Morgens hatte ich dieses leider vergessen.

Man sollte also pünktlich aufstehen und die Übersicht behalten.

Handy raus und Anruf nach Haus, natürlich alles im Laufen – »Hallo Maus, ist nichts passiert, komme ungefähr eine halbe Stunde später zu Hause an.«

Mir fehlt mittlerweile wirklich die Flüssigkeitszufuhr, denn die Trinkflaschen sind restlos leer.

In Sarstedt einlaufend, sehe ich in der Voss Straße einen Kiosk, der geöffnet hat. Ich begebe mich dort hinein und frage freundlich danach, ob man mir zwei Trinkflaschen mit Leitungswasser auffüllen könnte. Natürlich gewährt man mir meinen Wunsch. Der Kioskbetreiber bemerkt allerdings die Blutflecke auf meinem Hemd, mittlerweile sind es nämlich zwei geworden. »Was haben sie denn da gemacht?«

»Kein Problem, lange Laufstrecke, Marathontraining und so weiter …, von Sarstedt über …, dann Marienburg hoch, Nordstemmen …, und natürlich zurück, 3 $\frac{1}{2}$ Stunden.«

»Klasse Leistung« – fährt es ihm spontan aus dem Mund und gibt mir im selben Moment die Trinkflaschen zurück. »Danke und Tschüs« sage ich, und beginne aus dem Lädchen hinauszulaufen. Plötzlich ruft mir der freundliche Mann hinterher:«Hallo, vergessen sie ihr Fahrrad nicht! Ja –, wo steht es denn?«

»Wie…..? Nein – ich bin zu Fuß, äh, ich Laufe, äh, Jogging!« Und während ich dieses ihm zurückrufe, er steht mittlerweile auf dem Fußweg vor seinem Kiosk, sehe ich, dass er fassungslos und mit offenem Mund einfach nur so dasteht und mir nachschaut.

Ich nehme an, er hat mir nicht wirklich geglaubt.

Die warme Dusche zu Hause ist, wie immer nach einem langen Lauf, besonders entspannend.

Kaffeegeruch schleicht sich durch das halb geöffnete Badezimmerfenster zu mir hinein. Das Wetter ist schön

und die Luft an diesem frühen Sonntagmorgen angenehm.

Der Frühstückstisch ist im Garten gedeckt.

Als Nachtisch wird es frische Preiselbeeren auf Joghurt
geben.

Alltag und Schweiß

2 Stunden soll der heutige Lauf dauern, aber eigentlich möchte ich nur Ausruhen und mich zurücklehnen; meinetwegen einen guten Abenteuerfilm im Fernsehen über sich ergehen lassen; die Schatzinsel, das wär doch was – fern von dieser Welt und deren Anstrengungen, sowie allen Widersprüchen.

Nun gut, so kurz vor dem Trainingsziel kann es nur absurd sein, solch einem Gefühl nachzugeben.
Im Nachhinein ärgert man sich dann doch über seine Trägheit, die gesiegt hat und verbringt den restlichen Tag noch etwas geknickter.

Es ist 05.30 Uhr und ich befinde mich lustlos und träge vor meiner Haustür.

Probleme mit meinem Laufrhythmus tun sich auf, unrund und irgendwie ungelenk, so stokele ich dahin. Natürlich versuche ich mein Bestes – in der Hoffnung, dass dieser Lauf mir dennoch irgendetwas bringt.

Mir fällt auf, dass ich beim Laufen dazu neige, Gänsehaut zu bekommen. Seltsam, es ist doch gar nicht so kalt.
    Alltagsstress zehrt und kann Körper und Geist, zumindest vorübergehend, mürbe machen. Besonders bei

körperlichen Belastungen zeigen sich dann die Auswirkungen hierzu ziemlich schnell, machen das komplexe System Mensch in dessen Abläufen erfahrbarer, fast gläsern.

Spürbare, eigene Disharmonie zeigt »Achtung« und »Vorsicht« an; gibt Signal.

Überdenke, was dich belastet, führe, wenn möglich, Änderung herbei! Wenn eine Veränderung außerhalb deines Wirkungskreises nicht möglich ist, lenke dich selbst in deinem Bewusstsein zum Positiven!

Leicht gesagt? Nur theoretisches Geschwätz? Gelocht und abgeheftet?

›Man sollte daran Arbeiten und sich bemühen!‹

Ich will mich jetzt nicht konkreter darüber auslassen, verspüre aber dennoch den Drang festzuhalten, dass die Oberflächlichkeit in unserer Gesellschaft scheinbar zunehmend Verbreitung findet.

Menschen werden gleichgültiger,

Institutionen werden oberflächlicher.

Alles wird irgendwie egal!

Schluss an dieser Stelle.

Ich spüre, wie sich mein Schweiß am Oberkörper bildet. Beobachte letztendlich auch, dass dieser auf sichtbare Präsenz hinarbeitet und Beharrlichkeit beansprucht; zeigt sich zunächst etwas schüchtern auf meiner linken, dann, nach und nach, und zunehmend weniger zurückhaltend, auf der rechten Brusthemdseite. Breit und breiter werdend, lang und länger, so bahnt sich das nach Außen drängende, fast, als wolle es sich bewusst anderen repräsentieren, den weiteren Weg, vom Körpergewebe zum bekleidenden Äußeren meines Ichs.

Feuchte Kühle ist spürbar, wenn das Hemd durch die Bewegung sich vom Körper löst um anschließend sich wieder mit diesem oberflächlich zu vereinen, – anschlagend.

Es scheint eine Tabufläche unterhalb des Bauchnabels zu geben, denn von hier aus orientiert sich die salzige Flüssigkeit anderweitig. Nicht sich in der geraden Bahn weiter abwärts flüchtend, – sondern abbiegend, Kurve nehmend um noch mehr Fläche zu erobern, – sich Breite gönnende Ausdehnung.

Bis, – ja, bis maximal angestrebte Fläche in der Front, als Schweißmasse sichtbar, dann sich nach hinten, sozusagen rücklings ziehend, hangelnd, schließend mit der schon vorhandenen obig gebildeten Nackenfleißspur auf dem Rücken sich großflächig verbindend, folgend nicht nur Fläche, sondern Körperraum, protzend, umfasst.

Und dennoch:

Alles Protzige ist nur am Anfang gut wahrnehmbar, wunderlich oder peinlich, fast immer unübersehbar auffällig.

Sobald sich das sich Zeigen wollende gänzlich mit Körper und Hemd verbunden hat, durchtränkt und gesättigt, selbstgefällig, ist es nicht mehr in seiner vollen Entfaltung als dieses erfahrbar. Das ganze Volumen

Protzigkeit verblasst im nicht mehr unmittelbar sichtbaren des Vorhandenen!

Nur das Hemd scheint sich in der Farbhelligkeit etwas verändert zu haben!

Vorübergehend, -

Wiederholung der momentanen Tatbestände nicht ausgeschlossen.

Steinhuder Meer Marathon

Heute ist mein Marathon – Tag am Steinhuder Meer.

Wir Lindemänner stehen um 06.00 Uhr aus den Federn auf, noch verschlafen und ich mit einer ziemlich großen Skepsis zum heutigen Vorhaben.

Gestern Abend habe ich hoffentlich alles Notwendige in die Sporttasche gelegt; dreimalige Kontrolle der verstauten Utensilien mit anschließend prophylaktischer Nachfrage bei Maus: »Schau mal nach, ob ich nichts vergessen habe!«

Lauri hat schon vor Tagen den Auftrag vom Sportreporter Jürgen M. erhalten, ein Foto für den Regionalteil der HAZ zu schießen; wenn möglich nach dem Zieleinlauf. Also, Porträtaufnahme – ungeduscht und mit zerzaustem Haar.

Na dann!

Es ist schön, wenn die Familie mich wieder einmal bei einem Wettkampf durch ihre Anwesenheit unterstützt. Aber dieses gute Gefühl vermischt sich auch mit nachdenklichen Überlegungen.

Wird es für die Beiden nicht zu langweilig werden? Zwar beteuert Maus mir, dass dieses nicht der Fall sein wird, aber Restzweifel bleiben.

Man kann noch so früh aufstehen, trotzdem sitzt einem irgendwie die Zeit im Nacken; also, auf geht's. 06.45 Uhr sitzen wir im Wagen und fahren Richtung Steinhuder Meer. Genauer genommen fahren wir zum Dorf Poggenhagen. Dort wird der Startschuss um 09.00 Uhr zum 3. Steinhuder Meer Marathon sein.

Redselig sind wir alle während der Fahrt nicht. Müdigkeit und Spannung mischt sich zu einem verhaltenen Anteil von Erwartung, ergibt eine nebelartige Mixtur von unbestimmbarer Atmosphäre.

Zwölf Wochen intensives Vorbereitungstraining zum Marathon mit dessen Höhen und Tiefen sollen heute, sozusagen termingerecht und auf die Uhr genau, abgerufen werden; so als wolle man gut sichtbar Beweis antreten, Begründung liefern für die vergangenen Wochen der zeitlichen- und körperlichen Belastungen, die man auf sich genommen hat.

Die Fahrt verläuft erwartungsgerecht ohne Probleme und die gleichbleibend freundliche Dame des Navigationssystems weist uns die letzen Kilometer zum Zielpunkt: »Die nächste Kreuzung leicht rechts und danach links abfahren und dann erreichen sie die Zielstraße.«

Es ist 08.10 Uhr, also noch fünfzig Minuten Zeit um alles vor Ort zu Regeln. Knapp genug, denn ich muss noch die Startunterlagen abholen, Toilette ausfindig machen, Toilettengang erledigen, Startstelle erfragen und wo befindet sich eigentlich der Zieleinlauf?, Sportkleidung anziehen, zuvor Vaseline auf Oberschenkel, Achseln und Gesäß auftragen, sicherlich nochmaliger

Toilettengang – Nervosität erzeugt Harndrang, Startnummer gut sichtbar befestigen, zum Startplatz gehen,
leicht Warmlaufen und wie nebenbei weiterhin Wasser-
vorrat durch dosiertes Trinken im Körper auffüllen.

Letzte Absprachen mit Maus und Lauri.

Ich stehe am Start, die Sonne scheint und die Luft ist
noch leicht Nebelverhangen und frisch, sehe einen Lauf-
kollegen vom Sarstedter Lauftreff. »Hallo Gerhard, wie
geht's?« In wenigen Minuten wird der Startschuss erfolgen. Jeder Marathonteilnehmer ist in dieser Phase grundsätzlich mit sich selbst beschäftigt. Gerhard reiht sich in
die ersten Läuferreihen ein, schließlich ist er schon länger
beim Laufsport dabei und ist Marathonerfahrener als
ich. Ich begnüge mich mit einer Startposition, die sich
im vorderen Drittel des Läuferfeldes befindet, wie sich
später herausstellen wird – eine Fehlentscheidung!

Der positive Stress, man bezeichnet diesen auch als
»Eu – Stress«, nimmt zu, man hüpft auf der Stelle, um
die Muskeln warm zu halten, ….hüpf, hüpf – Lautspre-
chergedröhne, Blick auf die Meinen, der Bürgermeister
wünscht – blah, blah, blah, eine Worthülse jagt die andere … und, …
der »Startschuss fällt«!

Zweihundertsiebzehn Läuferinnen und Läufer bewegen
sich Richtung Steinhude. Schon nach zirka zehn Minuten zieht sich die anfangs dichte Läufergruppe aus-
einander.

Das Lauftempo ist für einen Marathon beachtlich
hoch. Ich fühle mich gut und halte das Tempo problem-

los mit. Aber schon nach wenigen, weiteren Minuten melden sich Bedenken. Zweiundvierzig Kilometer und einhundertfünfundneunzig Meter Laufstrecke › Marathon! Diese Vorstellung behagt mir plötzlich ganz und gar nicht. Um so mehr, dass meine Pulsuhr jetzt auch noch Alarm schlägt. Die Herzfrequenz bewegt sich schon jetzt um den Wert 155.

Also, Laufgeschwindigkeit drosseln; den Bewegungsablauf gut kontrollieren und kräftesparend laufen; den Kopf freimachen und sich meditativ auf die Situation positiv einstellen. Ich spüre mich in den Moment zwischen zwei Laufschritten hinein; die halbe Sekunde, in der man sich vom Boden gelöst hat, vorwärtsstrebend, zum kommenden Aufsetzen bereit.

Das gute Gefühl kehrt zurück. Jetzt rechts in den Wald einlaufen. Wenige hundert Meter vor mir steht schon das erste Hinweisschild zu den gelaufenen Kilometern. »Kilometer 3« – ich bin verunsichert! Das kann doch gar nicht sein; jetzt schon drei Kilometer gelaufen? Auch meine Laufbegleiter wundern sich – »die Angabe kann nicht stimmen«, ruft man sich zu und rügt im gleichen Atemzuge die Organisatoren. Der Waldweg ist nicht leicht zu belaufen, denn dieser ist relativ uneben. Erschwerend kommt auch noch hinzu, dass über Nacht Regen gefallen ist; der Weg ist an vielen Stellen aufgeweicht und rutschig.

Nun gut, auf »schlechte Zeiten« folgen »gute Zeiten«.

Ich sehe in der Ferne die erste Versorgungsstelle. Sollten hier schon fünf Kilometer abgehakt sein? Trinken ist bei einem Marathon von großer Bedeutung, denn der Körper darf nicht dehydrieren. Also schnappe ich mir gleich zwei Becher und versuche diese in meinen Bewegungsablauf zu integrieren. Prompt schwappt die eine Hälfte meines Trinkbechers über den Rand und findet den direkten Weg in meinen rechten Sportschuh. Ich bin begeistert. Noch dazu erreicht mich die Nachricht, dass hier erst der vierte Laufkilometer sein soll.

Wie soll das nur weitergehen? In dieser Phase des Laufs kann ich mir nicht vorstellen, dass ich als Finisher das Ziel erreiche.

Die Strecke weitet sich; ist vierundfünfzig Minuten alt. Die ersten zehn Kilometer sind glaubwürdig geschafft und vor mir taucht das Ortseingangsschild von Steinhude auf.

Maus und Lauri wollten doch zum Frühstück fahren. Vielleicht begegnen wir uns ja; Anfeuerung könnte ich gebrauchen. Bislang war kaum Zuschauerresonanz zu verzeichnen und hier im Ort scheint man als Marathonläufer eher nur geduldet zu sein.

In der Fußgängerzone Verkaufsstände – Bratwurstmeyer, Bierschulze, Brat- und Currywurst günstig, Bier und Korn bis der Arzt kommt, typisch deutsch. Die Laufstrecke führt im Schlängelweg um die Aufbauten herum; was soll eigentlich dieser Quatsch?

Rechts von mir erblicke ich das Steinhuder Meer. Nebelverhangen und ruhig flach weitet es sich wie noch im Schlafe. Kaum ist die künstlich errichtete Insel mit dem Festungsgemäuer Wilhelmstein zu erkennen. Meinen familiären Fanclub kann ich allerdings nicht orten. Ich schaue über das Wasser hinweg und habe dabei das Gefühl, dass ich aus dieser Szene Motivation und Kraft schöpfe.

Erst nach dem Marathon, sprich, auf der Nachhause-fahrt, werde ich erfahren, dass Maus und Lauri just zu dieser Minute auf der anderen Seite des Steinhuder Mee-res in einem Restaurant im Ort Mardorf sich befinden und Blicke über das Wasser hinweg schweifen lassen; wartend auf Kaffee mit Frühstück.

Ein fieses Gedankenspiel überfällt mich. Wie wäre es, wenn man einfach die Bootsüberfahrt nach Mardorf nehmen würde? Vorübergehend Startnummer abneh-men, Ticket kaufen, sich unauffällig in das Boot begeben und dann ab die Post.

Würde das überhaupt auffallen?

Mein Lauf geht weiter. Die Strecke führt direkt am Steinhuder Meer entlang. Die gedankliche Ein-heit – »Kilometer« verflüchtigt sich mehr und mehr. Die Strecke vermesse ich zunehmend im optisch Wahr-nehmbaren. Dann rechts herum, etwas geradeaus, dann wieder rechts, Richtung Mardorf und so …

Meine Vorstellung hierzu erweist sich allerdings recht schnell als Irrtum.

Dummerweise verläuft die Strecke nicht immer schön am Wasser entlang, sondern richtet sich sogar vom Was-ser weg. Feldweg und bäuerliches Wirtschaften nimmt den Raum ein. Kein Baum weit und breit. Hinzu die steigenden Temperaturen, annähernd 25°C, Tendenz steigend. Die Sonne scheint erbarmungslos auf uns Läu-fer nieder.

Der Halbmarathonpunkt zeigt sich mit einer weite-ren Versorgungsstelle. Zwei Becher greifen, langsamer laufen, ruhig trinken, ruuuhig trinken – noch etwas laaangsamer laufen. Ich ertappe mich dabei, dass mir Gründe spontan einfallen, die das Austrinken der Becher verzögern. Dabei stelle ich fest, dass meine Hände den Griff um diese dann verstärken, wenn die Vorstellung zunimmt schneller weiterlaufen zu wollen. Ich spüre förmlich meinen inneren Schweinehund; werde mir dessen bewusst und werfe, fast trotzig, die noch halb vollen Trinkbecher an den Straßenrand. Wenn ich dieser Versuchung jetzt nachgebe, was soll dann erst ab dem berüchtigten »Kilometer 30« werden, wo der »Mann mit dem Hammer« vielleicht mich erwartet.

Ein Marathonlauf wird mindestens zur Hälfte kopfgesteuert; körperliche Fitness vorausgesetzt.

Also nehme ich mir vor, meine Gedanken erneut, und bewusst, ins Positive zu lenken:

Im Herbst fahren wir wieder auf die Insel Sylt und egal wie das Wetter wird – ich werde in der Nordsee baden gehen – also, Bademantel nicht vergessen.

Ach ja, im Dezember fliegen wir nach London, mal schauen, ob auch ich einen Fensterplatz im Flugzeug bekommen kann – Lauri hat diesen ja schon vor geraumer Zeit bei uns angemahnt – Maus verzichtet gern auf solch einen Platz – soll wohl heißen: Augen zu und durch?

Und wenn Frank Sinatra noch unter uns weilen würde, hätten wir uns sicherlich im Dezember wieder gegenseitig zum Geburtstag gratuliert.

Nicht zu vergessen, – werden wir uns wieder einen Hund der Rasse »Boxer« zulegen? – …

Am Ortsausgang Mardorf nähere ich mich dem abgesprochenen Treffpunkt an dem Maus und Lauri stehen wollen. Hier sollen die Trinkflaschen, die ich am Gürtel trage, gegen aufgefüllte ausgetauscht werden, Motivation inbegriffen.

Und tatsächlich sehe ich am Hinweisschild – 26zigster Kilometer – die Meinen dort vor einer Wegkreuzung stehen – leere Flaschen raus, volle Flaschen rein, wie geht's?, du schaffst es …!

Der Lauf geht weiter.

Unzweifelhaft für mich spürbar und sicherlich auch für Nebenstehende sehbar, wird mein Laufstil unrunder. Die Temperaturen sind, so wird nach dem Lauf mitgeteilt, nahe der 30°C.

Am Weißen Berg, so nennt man einen Badebereich am Steinhuder Meer, herrscht reges Treiben.

So, als nehme man beim Laufen das um sich herum Befindliche wie durch ein Vergrößerungsglas wahr, drängen sich bei mir einzelne Eindrücke auf:

Erwachsene und Kinder tollen sich im wohl angenehm- trüben Nass des Badesees; Campingfreunde grillen schon zum Frühstück; der Hund von drüben kackt wie selbstbewusst nebenan und bei dem einen oder anderen stehen die Bierflaschen zum Umkippen geneigt im Sand.

Zu diesem Szenario nehme ich verstärkt zur Kenntnis, dass die Läuferinnen und Läufer kaum Beachtung ernten. Links vor mir plötzlich eine begeisterte Menschengruppe, die sich auf dem Platou der Badeaufsicht aufhält. Zwölf Personen mit dem Outfit: Badehose für die Herren- und Einteiler für die Damen – Farbe Blau sowie weißes T-Shirt; Baywatch am Steinhuder Meer, nur Pamela Anderson fehlt wohl noch. Die jungen Herrschaften, so beobachte ich, Klatschen einem Läufer vor mir zu, aber rücklings fliegen diesem die Stinkfinger und weitere groteske Gesten und Äußerungen in den Rücken. Über mich selbst wird gelacht – Kuck mal, da läuft die Nummer Sex!

Wer hätte das gedacht, die Startnummer 6 als Objekt der Belustigung; billiger geht's wohl nicht!

Ich spüre zunehmend meine Oberschenkel, wie diese sich zum Krampf vorbereiten. Soll also heißen, dass mein Körper sich nunmehr auf meine Energiereserven stürzt. Das bedeutet für mich konkret, dass von nun an die Kopfarbeit die weitaus dominierendere Instanz zu diesem Marathon sein wird.

Sportmediziner sagen, dass im Zustand der körperlichen Umstellung die mentalen Fähigkeiten eines Ausdauersportlers bis zu neunzig Prozent das weitere Körperempfinden steuern.

Und Punktum erblicke ich auch schon das Hinweisschild- »30ster Laufkilometer«. Also, der gefürchtete »Mann mit dem Hammer« schlägt um sich! Und so, so als müsste dieses an solch einer Stelle geschehen, beobachte ich eine Läuferin, die unter Tränen ihre Startnummer vom T-Shirt abnimmt und sich an den Wegrand setzt. »Es geht einfach nicht mehr! – und dafür habe ich mich ein Jahr lang vorbereitet«, ruft sie mir verhalten beim Vorbeilaufen zu. »Sicherlich klappt es beim nächsten Mal«, erwidere ich, bin mir aber darüber bewusst, dass dieser nächste Marathon eine noch größere Herausforderung für sie bedeuten wird, denn der erlittene Misserfolg wird ihr dann im Nacken sitzen.

Die Krampfneigung in meinen Oberschenkeln verflüchtigt sich und bezieht Stellung in den Waden.

Ich frage mich innerlich: Warum machst du das eigentlich? Schließlich verdiene ich doch mit dem Laufen nicht mein Geld!

Auf einer Parkbank vor mir sitzen vier Personen mittleren Alters. Ich spüre, dass mein »Ich« hungrig ist nach Zuspruch, denn die bisherige Begeisterung am Wegesrand hielt sich ja eher in Grenzen.

Also, wenn ihr schon nicht aus freien Stücken motivierend auf die Läuferinnen und Läufer eingeht, dann soll der Anstoß dazu nunmehr von mir kommen. In der Psychologie nennt man dieses punktuelle Provokation, – also los: Schweißband von der Stirn, gut sichtbar dieses kräftig und mit geballender Faust zusammendrücken. Ich bin selber über die Menge Flüssigkeit verwundert, die sich hierbei löst, denn auf dem Asphalt wird nicht nur eine beträchtliche Pfütze hinterlassen, sondern auch eine weiterführende Tröpfchenschweißspur gebildet. Kommentar der Beobachter: »Schau mal, der hat sich vorher einen Becher Wasser auf den Kopf gegossen«. – Aktion gescheitert, Eigentor!

Der nächste Verpflegungsstand lässt mich von diesen negativen Gedanken abkommen. Und da sehe ich überraschenderweise Maus, wie sie mir lieb zuruft, und Lauri, die weiter entfernt steht und Fotos schießt, also – kurz stehen bleiben, Pose einnehmen und Daumen nach oben, wie zum Protest gegen die eigene Ermattung!

Steinhuder Meer Marathon – gegen die Ermattung

Eine gewisse Art von Dankbarkeit überflutet mich. Ich ziehe weiter meines Weges. Es ist der 36zigste Laufkilometer und den Rest werde ich auch noch schaffen.

Im Verlauf dieser Marathonveranstaltung sind aus einer großen Läuferschar zunächst Läufergruppen geworden, dann Läufergrüppchen, Läuferpärchen und folgend Einzelkämpfer. Oft sieht man vor- und hinter sich keine Mitstreiter, so als befände man sich entweder weit voraus dem Läuferfeld oder rücklings hoffnungslos zurückliegend.

Nach diesem Marathon wird sich ein Gerücht unter den Marathonis, Betreuern und Zuschauern verbreiten: Von zweihundertsiebzehn Läuferinnen und Läufern sollen einunddreißig den Lauf vorzeitig abgebrochen haben. Das bedeutet rechnerisch eine Ausfallquote von über vierzehn Prozent.

Die Krampfneigung in den Beinen begleitet mich fortwährend, bin aber gleichzeitig darüber verwundert, dass ich dieses Handicap scheinbar unter Kontrolle halten kann, sich also bis jetzt kein konkreter Krampf bei mir austobt.

Es ist der »Kilometer 40«. Vor mir sehe ich einen Mitsportler, der mehr humpelt als läuft, – stehen bleibt, – langsam geht, – erneut Ansätze zu einem zaghaften Läufchen wagt. Als ich auf gleicher Höhe mit meinem Mitstreiter bin, kann ich nicht umhin, mich mit ihm kurz zu unterhalten: »Komm, die letzten Meter schaffst du auch noch!« Und so laufen wir gemächlich zusammen einige hundert Meter. Hierbei erfahre ich, dass Klaus, so heißt mein momentaner Begleiter, von einem jungen Fahrradfahrer von hinten angefahren worden ist und dabei seine rechten Wade in Mitleidenschaft gezogen wurde. »Weitergefahren ist er danach, einfach so weitergefahren ist er und dabei kein Wort der Entschuldigung oder so was!« – teilt Klaus mir immer noch verwundert, aber auch empört mit – und auch, dass ich schon mal voraus Laufen soll, denn er habe Schmerzen in der Wade und müsse mal wieder den kleinen Gang einlegen.

»Machs gut und bis gleich«, höre ich noch von ihm und das er dennoch das Ziel als Finisher erreichen wird, wäre ja gelacht!

Mein Marathon nähert sich dem Ende entgegen. Ich

bewege mich nunmehr auf einer langen Geraden, die sich, so als wolle diese abschließend nochmals fordern und provozieren, auch noch scheinbar unendlich in die Länge zieht. Wenige hundert Meter vor mir sehe ich einen Notarztwagen mit dem dazugehörigen Fachpersonal.

Auf annähernd gleicher Höhe mit den dort Stehenden ruft man mir zu:

»Die letzten zweihundertachtzig Meter gehören nur dir, – nur dir ganz allein!«

Und als ich dieses Zugerufene aufnehme und in mir wie inhalierend, bewusst verinnerliche, ohne jedoch sofort den Inhalt und die Masse dieser Aussage zu begreifen, stellt sich ein unglaubliches Glücksgefühl ein.

Ich spüre wie mein Bewegungsablauf runder wird, laufe fast wie beflügelt, biege rechts ab, lasse ein zur Seite geschwenktes- rostiges Seitentor links liegen und finde mich auf dem Sportplatzgelände ein – zirka einhundert Meter vor dem Zieleinlauf.

Das, was sich mir hier allerdings bietet holt mich wieder auf die Erde zurück, denn ziemlich unspektakulär erscheinen mir die restlichen Meter. Da sich der Sportplatzbereich ziemlich großzügig in der Fläche repräsentiert, stehen die ersten Zuschauer noch relativ weit entfernt von mir. Erst unmittelbar vor dem Zieleinlauf erreicht mich das beifallbekundende Klatschen der hier Anwesenden. Ich erblicke Maus und Lauri in den Reihen, schwenke kurz nach rechts, gebe den Meinen Küsschen, später wird Maus mir sagen, dass eine nebenstehende

Zuschauerin gesagt hat, dass man sich darauf etwas einbilden kann, denn das machen die Wenigsten! – Maus ruft: »Lauf weiter!«, ich schwenke nach links, suche die abdressierte Schneise zum Zieleinlauf, korrigiere mich mit einem kleinen Schlenker und laufe ins Ziel – die Arme zum Himmel erhoben.

Marathonlaufzeit 4 Stunden 28 Minuten 43 Sekunden.

Bloß nicht einfach stehen bleiben, denn mein Kreislauf muss sich erst der neuen Situation anpassen. Ich blicke um mich, gehe dabei mit kurzen Schritten, schüttele die Oberschenkel aus, greife mir zwei Becher mit lauwarmen Tee, nehme eine Banane, Apfelstück und fühle mich in meinen Körper hinein.

Ich lege mich auf den Rasen und strecke meine Beine aus, alle Viere von mir, das eigene Gewicht zum Erdinneren gerichtet.

Meine Beine stützen sich an Maus und weisen nach oben- schräg von mir führend zum Waldrand hin. Entspannung pur.

Lauri mahnt den wichtigen Fototermin an. Mit Überwindung positioniere ich mich und lasse die Aufnahme über mich ergehen. Das Foto ist gut gelungen. Allzu mitgenommen sehe ich tatsächlich nicht aus.

In zwei Wochen wird sich zeigen was die HAZ daraus gemacht hat; nämlich gar nichts! Das Foto wird nicht erscheinen. Begründung hierzu: Fußballveranstaltungen und das am Wochenende stattgefunden Arschbombenturnier in der Badeanstalt waren schon mit zahlreichen Fotos in Farbe eingeplant. Jürgen M., der zur Marathonveranstaltung den Presseartikel geschrieben hat, wird darüber erbost sein. Seiner Aussage nach wurde hier die wahre sportliche Leistung nicht beachtet – die da haben ja keine Ahnung!

Ich liege auf der Massagebank und lasse es mir gut gehen. Wohlige zwanzig Minuten werden mir gegönnt sein. Lauri und Maus melden sich bei mir ab, um im Vereinslokal etwas zu sich zu nehmen und meine Nachbarin erzählt ihrer Masseurin, dass sie bei Kilometer fünfunddreißig für kurze Zeit Sterne gesehen hat, aber Gott sei Dank war das dann auch wieder vorbei.

Im Vereinsgebäude liegen schon die ersten Teilnehmerurkunden auf dem Tisch. In der Hoffnung, dass auch meine dabei ist, frage ich nach. Leider muss ich mich noch etwas gedulden, denn der Druckvorgang ist hierarchisch voreingestellt – zuerst kommen die schnelleren Läuferinnen und Läufer an die Reihe und im Übrigen, der Drucker ist heiß gelaufen. Zu alledem zeigt auch der Rechner erste Überlastungserscheinungen und an der Software scheint sich auch etwas verändert zu haben.

Zwanzig Minuten vergehen und ich halte meine Urkunde in den Händen. Ich befinde mich mit meiner Laufleistung im Mittelfeld der Teilnehmer und darüber bin ich zufrieden.

Die Heimfahrt wird zum Genuss. Maus fährt sicher die unbekannte Strecke und die Dame des Navigationssystems weist uns erneut die Richtung.

Nachwehen plagen mich. Mein Körper zwickt mich und die Bewegungen fallen schwer. Zwar bin ich nicht müde, aber trotzdem ruhebedürftig.

Zu Hause angekommen ordne ich meine Sporttasche und deren Inhalt und stelle hierbei fest, dass ich die körperliche Erschöpfung sogar mit Wohlwollen wahrnehme und auch akzeptiere – es war nun mal ein Marathon!

Dennoch kann ich mir im Moment nicht vorstellen, mich auf einen weiteren Marathon einzulassen.

Hoppla – nur wenige Tage später werde ich mich zum Hamburg Marathon angemeldet haben.

Urlaubsgedanken

D ie Werkzeuge, um auch Anderorts den Laufsport ausüben zu können, dürfen nicht vergessen werden. Laufsportschuhe, Trainingsbekleidung und die anderen Kleinigkeiten die man eventuell benötigt, bekommen auf einmal einen noch höheren Stellenwert. Man ist fern von zu Hause und mal kurz die erforderlichen Utensilien holen, kommt sehr wohl einer unrealistischen Vorstellung nahe.

Maus hat sich vorgenommen auch auf Sylt die Sportschuhe zu schnüren und ihrem momentanen Fitnessgrad entsprechend zu laufen. Durchschnittlich wöchentlich drei Trainingseinheiten hat Maus in den letzten dreiundzwanzig Wochen absolviert; bei zirka dreißig Minuten kontinuierliches Laufen pro Einheit.

Vielleicht wird sie sich durch die Urlaubsstimmung dazu motivieren lassen, dass eigene Laufpensum etwas zu steigern.

Es wird gelingen! Etwas mehr als fünfzig Minuten am Stück, bei acht Kilometer Strecke am Strand.

Laufend – Impressionen und Gedanken:

In der scheinbaren Einfachheit eines komplexen Systems liegt oft der Reiz begründet, denn schon auf Grund naturgegebener Vorgaben besticht die Ganzheitlichkeit des Dargebotenen und erfüllt die Sinne.

Weiter *Himmel* prägt augenscheinig und annähernd bis zur horizontalen Blickhälfte die Szenerie. Himmelblauhell bis dunkelblaugrau, marmoriert unruhig oder gleichflächigschlicht, miteinander vermischt und in eine Komposition gefügt; – das All ist nicht blau oder grau, sondern tiefschwarz. Der Himmel spielt uns etwas vor. Himmelsillusion durch Erdatmosphäre gezeugt; Licht bricht sich, bildet Verwandlung im Erdnahen und zeigt doch eigentlich etwas nicht Vorhandenes an. Der Himmel verkleidet sich und täuscht uns. Die sehbare Fläche Himmel, die doch eigentlich Raum ist, zeigt unverblümt Zeit an; und sie betrügt uns. Vergänglich fließt sie – die Zeit; für uns niemals den Blick freigebend über das Jetzt hinaus. Denke ich jetzt, ist das Jetzt schon nicht mehr jetzt sondern hinter mir liegend und entfernt sich unaufhaltsam und stetig von mir. Raum und Zeit durch Sonne, Mond und Sterne? – durch wissenschaftliche Theorien fundiert dargelegt und in Lehrbüchern gesetzesmäßig und unumwerflich bis zur nächsten menschlichen Erkenntnis festgeschrieben; – Haltbarkeitsdatum mit Variablen?

»Der Nachthimmel ist klar und ich kann die Milchstrasse am Himmel eindeutig gut wahrnehmen. Sternschnuppengedanken kommen bei mir auf. Und so als riefe ich diese geradezu herbei, zeigt sie sich, jetzt und in dieser Sekunde! – messerscharfschmal gaukelt sie mir zirka acht Zentimeter Länge vor. Schnell einen Wunsch hinterhergeschickt und um Erfüllung gebeten – Momentaufnahme einer Begegnung.«

Nebelvariationen von hell bis diesig düstern, schleichend sich fortbewegend, von hier nach dort, unbemerkt und dennoch schnell Raum gewinnend, richtungswechselnd, innehaltend – oder auch nicht, vielleicht sich entfernend, den Betrachter täuschend und in die Irre führend, Grenze überschreitend – die Horizont heißt.

Die Schnittlinie *Horizont* krümmt sich gut sehbar, obwohl doch eher Abstraktheit des bezeichnet Zeigbaren dessen würdig wäre. Fortführend soll dieser Bogen mit deren vom Betrachter aus sehbaren Endpunkten unseren Planeten umschließen. Spiegelt sich in diesem Gedankengang somit nicht eigentlich nur schulisch erlernter Unterrichtsstoff wieder? Kann man denen glauben, die uns dieses als Wissen verkaufen? Und kann man für sich genommen dieses angebliche Wissen tatsächlich als »eigenes Wissen« verbuchen? – schließlich ist es bis jetzt nur wenigen vergönnt gewesen unseren Planeten als ganzen zu sehen.

»Beim Laufen kommt mir heute – es ist schon der dritte Urlaubstag – folgendes in den Kopf:

»Horizont = Himmel + Erde.«

Sicherlich mathematisch absolut unkorrekt, denn was

links vom Gleichheitszeichen steht soll ja gleich dem sein, was rechts von diesem formuliert ist, – meinetwegen, auf jeden Fall ist Himmel und Erd ein wohlschmeckendes Eintopfgericht; süßsauer sollte es angerichtet sein, mit Birnen vom Himmel und Kartoffeln aus Mutter Erden Schoß. In kärglichen Zeiten war dieses Gericht eine Art kulinarische Aufmunterung:

»Mag es einem auch schlecht ergehen, Birnen und Kartoffeln stehen selbst in noch so harten Zeiten zur Verfügung.«

Der Horizont bildet sich nicht einfach nur so, ist keine statische Feste. Nimmt man ein Fernglas zur Hand, erkennt man die fließende, sich stetig wandelnde Formveränderung des Übergangs zwischen Himmel und, wie hier, Meeresfläche. Gesellen sich Wolken oder Nebelschwaden hinzu, verdecken diese das da hinter befindliche, positionieren sich womöglich auch noch vorteilhaft zum Betrachter und ist die Tageszeit schon dem Ende geweiht, damit die Sonne sich von ihrer schönsten Seite her zeigt, – dieses Schauspiel der Farben und Formen bei uns bleibende Erinnerung und Sehnsucht verleiht.

Der Horizont ist Niemandsland! Hat er Bestand für sich? Oder ist er nicht wirklich einem Teil unseres Planeten zugeordnet? Drückt er sich einfach nur zwischen Himmel und Erde? – und zeigt: »Hier bin ich?« Ist der Horizont schlicht und einfach nur das Ende des Himmels und der Anfang des darauf kommenden, der Erde?

Wenn das zutrifft – dann gibt es keinen wirklichen Horizont!

Ist es nun wieder eine Schnittlinie, auf die ich aufmerksam mache, oder die nächste Fläche oder der nächste Raum?

Sylt – Der Abend kommt (Weststrand)

Das *Meer*, man möchte dieses Wort mit einem »h« auf-

füllen und um ein »e« kürzen, soviel mehr kann dieses
Benannte dann bedeuten, – oder es lang ziehen, dieses
schöne Wort – Meer, drei, vier, fünf »e's« hintereinan-
der, natürlich an der richtigen Stelle gesetzt, sodass es
Meeeeer heißt und Bedeutung gewinnt beim Ausspre-
chen, mit Achtung gleichgesetzt wird.

Ja, – das Wort »Meeeeer« gefällt mir gut!

»Ich erblicke eine Robbe, die sich mit den Wellenbewe-
gungen auf und ab bewegt. Ich glaube sogar, dass sie
mich beobachtet.

Und, warum sehe ich sie jetzt nicht mehr? – Ist sie
fort?

Gar nicht so einfach während des Laufens rücklings
etwas im Auge zu behalten. Ich kann die Robbe nicht
mehr ausfindig machen. Es kann auch sein, dass sie einfach nur abgetaucht ist! Vielleicht bin ich nicht interes-
sant genug für sie.«

Der Mensch soll dem Meere entschlüpft sein!

Wird diese Theorie heute eigentlich noch von der Wis-
senschaft ernsthaft gehalten? Kann man sich dessen eigentlich immer noch so sicher sein?

Die Meere unseres Planeten sind weniger erforscht als
unser Trabant – der Mond. Vor Jahrzehnten galt es als
Modern und Zukunftsorientiert sich Gedanken über die
Erschließung der Unterwasserwelten zu machen. Städte
sollten auf dem Grund der Ozeane entstehen; neuer
Lebensraum für Menschen. Neue Technologien durch
Ideologie und Abenteuerlust gezeugt, – Vergessen?!

Wo hat uns die Zeit hingetrieben? Profitstreben nach Art des Hauses, Vorbilder fehlen – Geiz macht Geil?

Und dabei kann uns das Meer so viel wertvolles Mitteilen wie auch Geben. Man muss es nur mit offenen Augen betrachten, bereit sein die Informationsfülle in sich aufzunehmen, ohne Vorbehalte, ohne wenn und aber und im Besonderen mit etwas Phantasie.

Die Fläche Meer ist nicht nur eine Aneinanderreihung von Wellen. Man kann versuchen die Wellen – Höhe, Breite und Verteilung sowie die Dichte annähernd zu messen, vielleicht auch den Hintergrund hierzu zu verstehen. Entsteht diese Dynamik auf Grund von Windstärke, Windrichtung, Meeresströmung, Uferstruktur? Oder spielen diese Faktoren alle ineinander über und beeinflussen sich gegenseitig? Was macht der Mond mit unseren Meeren? Beansprucht auch der Flügelschlag eines Schmetterlings in Afrika direkte Auswirkung. Die Chaostheorie nimmt dazu mit einem »Ja« eindeutig Stellung.

Das Meer, mit dessen Farben und bildenden Formen aus der Dynamik heraus, ist vielschichtig in den Nuancen. Dunkelgrüngraugelb oder Türkis. Mit weißer Krone kann die Welle sich uns angenehm nähern. Nochmals aufbäumend, Schwäche zeigend, absenkend und sanft ausgleitend zum Ufer, herablassend. Oder auch Wild und scheinbar mit unbezähmbarer Kraft. Die Krone drohend und züngelnd, mit großem Radius im Wellenkörper, die Kraft der Masse im Rücken, zielgerichtet zum Ufer strebend, Gedröhn, überkippend wie sich erbrechend, auslassend, sich ergebend, Land nehmend – nur selten gebend.

Was verbirgt sich unter dem Mantel der Meeresoberfläche, versteckt sich vor unserer unmittelbaren Wahrnehmung? Strömungen, die sich gegenseitig aufheben oder sich schwächen, -stärken. Lebensraum für unermesslich viel Getier und vielerlei andersartiger Organismen.

Und nicht zuletzt – wo befindet sich das sagenumwobene in den Meeresfluten versunkene Atlantis? Sehen unsere Gedanken es in der Nähe der Ostseeinsel Usedom? – Vor der Hochseeinsel Helgoland liegend? – Oder südwestlich Griechenlands? Einmal im Jahr, so lautet die Sage, soll man die Glocken von Atlantis hören können, das Meer, so sagt man, soll sich dann an dieser Stelle vorübergehend türkisfarbig – fluoreszierend verändern.

Etliche Theorien hierzu schwappen in relativ regelmäßigzeitlichen Abständen über die Medien zu den Verbrauchern unserer Gesellschaft herüber; Abenteuermentalität vor dem Fernsehgerät und mit gutem Versicherungsschutz als Rücklage; Erlebniscamp im Dschungel – hol mich hier raus, ich bin ein Star.

»Erkennen wir uns in dem hier Aufgeführten wieder?«

Im Meer liegen Güter menschlicher Kulturen wie zum Nachweis bereitliegend. Zeitlich begrenzt geben uns die Naturgewalten eine Frist diese zu entdecken um aus den Schaffensperioden, aber auch aus den Fehlleistungen menschlichen Tun's, zu lernen. Der Zersetzungszustand mit seinem Helfer »Zeit« als Showmaster in einem Spiel! Zeitvorgabe genau bemessen! Das Meer als Requisitenhaus, das Schauspiel hat ein Ende gefunden, die Gegenstände im Sand und Schlick abgelegt, wie versteckt, nur mit Mühe findbar, oder auch nicht, – vor unseren Augen verlegt.

Feinkörniger *Sandstrand* säumt das Meer.

»Früh aufgestanden sind wir heute Morgen. Maus und ich joggen am Strand, es ist 07.15 Uhr. Die Sonne kündigt sich zaghaft an, der Himmel ist leicht bedeckt und etwas mehr als schüchtern bläst uns der Wind Wiederstand von Südosten her entgegen. Wir sind allein am Strand. Die Spezies Mensch scheint noch zu schlafen, räkelt sich, dreht sich nochmals zur Seite, entschlummert oberflächlich.

Wir nennen diesen, unseren Lauf – Brötchenlauf denn auf dem Rückweg werden wir Brötchen vom Bäcker Lund aus Hörnum für den Frühstückstisch mit uns führen. Dieser sportliche Tagesanfang gehört zu unseren Urlaubs – Kultübungen denn den Frühstücktisch nehmen wir gern mindestens anderthalb Stunden in Anspruch. Neben den üblichen Speisen, Kaffee und Tee steht unser Fernglas auf dem Tisch, denn mit diesem können wir die Fischer auf der Nordsee gut aus der großen Fensterfront heraus beobachten; immer in entspannter Aufmerksamkeit, um besonderes mit den Augen zu erhaschen, mitzunehmen – wenn uns der Alltag wieder in Anspruch nimmt. Fernab des Fischereibetriebes ab und zu Containerschiffe auf großer Fahrt, und nahe dem Strand Wellenreiter, die sich mit Hilfe von Lenkdrachen flott in einem Zickzackkurs sportlich verstricken und vorstellbares Muster fahren.

Das warme Mittagessen wird folge dessen auf den frühen Abend verlegt; was uns nicht schwer fällt.«

Leicht zum Meer neigt sich die Fläche feiner Sand. Am Randbereich dunkler als von ihm weg, durchnässt und nachgebend, fast gleich wie ein Schwamm, Meereswasser freigebend, den Fuß umschlossen, um folgend, wenn freundlich und vorausgesetzt das ....., Eindruck auf Zeit zu gewähren.

Der Mensch verliert auf Dauer.

Nur mit hohem technischem Einsatz verlängert dieser seine Frist; Gnadenfrist, so genannte intelligente Technologie verhindert nicht, schiebt nur auf, bis das Ereignis uns unverblümt Wahrheit vorlegt.

Dem Meeressaume abgewandt, Zentimeter um Zentimeter, nimmt man als Betrachter Reste zielstrebig- und leistungsorientierter Kulturen menschlichen Daseins wahr. Hier und dort vergrauen Teerschleier das naturgemäß Vorbestimmte. »Bitte überprüfen sie ihre Schuhe auf Teerreste bevor sie das Haus betreten (Teerentferner befindet sich unter der Bank vor dem Haus)!«

Vielerlei Gegenstände speit das Meer aus, zum Erbrechen kränkelnd, sofern es zumindest dazu noch in der Lage ist. »Oh, könnte es doch alles am Strand hinterlegen; das Sichtbare und das nicht Sichtbare, Aufzeigen die Untaten die geschehen.« Ladung um Ladung müsste das Strandgut entsorgt werden, weg von den Augen der Urlauber, aus den Augen aus dem Sinn! – Blick freigeben auf die ungetrübte Meereslandschaft; allerdings mit einer gewissen Begleiterscheinung, die da ist: die Erhöhung der Kurtaxenbeiträge.

Und schon mehren sich die profitorientierten Stimmen aus dem Hinterland, die fernab des Ortes hier:

Das Zauberwort »Windpark« zieht die Runde. Großzügig sollen die Windanlagen im Meer installiert werden. Windenergie ist Umweltfreundlich. Ein vortreffliches Argument. Und lassen wir es nicht außer Betracht, solches könnte sogar die Phantasie der Urlauber beflügeln, man möchte tatsächlich auch behaupten, dass eine unbewusste Schulung der Kreativität sich in den Köpfen derjenigen einstellen mag. Zwar sollen die Anlagen in großer Entfernung zum Festland verankert sein, aber selbst das Wissen, – ja, »dass Wissen« um solche Gerätschaften, dort, dort und dort, kann gefallen und bilden.

Don Quichotte lässt grüßen.

Ob sich auch die klimatischen Bedingungen vor Ort durch solchartige Installationen ins südlichere veränderlich entwickeln.

»Ich sehe meine Spuren von vorhin im Sand, begrenze meinen Blick für die Ferne, stelle diesen dazu passend schmal, und bemerke, dass keine weiteren Anzeichen menschlichen Seins hinzugekommen sind.«

Dünenlandschaft prägt die anschließende Fläche.

Gemächlich hochschwingende Hügel aus lockerem Sand, bespickt mit anpassungsfähigen und pflegeleichten Gewächsen, die sich im Winde beugen und allesamt Küstenschutz heißen, in Reih- und Glied bepflanzt, architektonisch korrekt, der Bildung einer Wanderdüne zum Trotz, deutsch – »Betreten der Düne verboten«.

Nur ab und zu eine Unterbrechung im Gleichschritt des Landschaftsgürtels, wie zum Bypass gelegte Arterien, quer liegend zu allen anderen hier befindlichen Flächen, – Versorgungskanäle, durchflussgeeignet in beide Richtungen, bilden diese einen Schnitt im harmonischen Gleichklang der Formen.

Und wie zum Gegensatz sich zeigend, kann man erfahren, dass naturbelassene Freiheit mit der Gesamtheit der scheinbaren Einfachheit und deren gewaltigen Kraft Umgang mit der Palette der Farben zu verstehen weis. Oasen der Vielfältigkeit in Farbe und Form.

Sylt – In Farben getauchte Natur (Ostufer)

Hinter den Dünen und fortan weitab, liegt eine unbestimmbare Zone mit vielen Variablen. Hier bezieht der Mensch Stellung und zwar jeder für sich gesehen, tagtäglich seine Alltäglichkeit zu leben.

Dieser Bereich neigt sich mit zunehmender Entfernung vom Hier und annähernd unmerklich, also mit dem Maß seiner Tiefe, dem monotonen Rhythmus – bis zum Alltäglichsten der Dinge hin.

»Der letzte Urlaubstag ist angebrochen; es ist 07.00 Uhr in der Früh. Ich laufe mit ruhigem Schritt am Strand entlang. Meine Gedanken entfernen sich, zunächst nicht bewusst, vom heutigen Jetzt und driften zum morgig kommenden, unserem Abreisetag hinüber.

Sollten wir nicht doch schon am heutigen Abend unsere Koffer packen? Hoffentlich müssen wir morgen nicht so lange am Autozug zum Festland warten. Und wie wird die Fahrt sein, hoffentlich kein Stau vor dem Elbtunnel. Und überhaupt – ich bin gespannt wie viel Post im Briefkasten liegt. Wer hat uns wohl geschrieben? Ist etwas Wichtiges dabei?

Ich werde mir Mühe geben, etwas aus diesem Urlaub mit nach Hause zu nehmen.«

Feueralarm

Ich habe mir ein weiteres Fachbuch zum Thema »Laufsport« zugelegt. Mittlerweile zieren einundzwanzig Laufsportbücher meine Bibliothek. Zwar bin ich beim Steinhuder Meer Marathon gut über die Ziellinie gekommen, habe aber dennoch das Gefühl, dass mein Energieeinsatz bei einem solchen Vorhaben minimiert werden müsste.

Und schon erfahre ich beim Lesen eine neue ultimative-wissenschaftliche Theorie:

Im Vorbereitungstraining zu einem Marathon, der Zeitraum umfasst grundsätzlich zwölf Wochen, sollten mindestens neun 3 bis 3 ½ Stunden – Läufe absolviert werden.

Diese Information ist für mich neu. Vor meinem letzten Marathon waren laut Trainingsplan drei 2 und drei 2 ½ Stunden – Läufe als Optimal aufgeführt.

Was soll man davon halten?

Aber wenn ich mir das recht überlege, scheint mir die Aussage mit den 3 bis 3 ½ Stunden – Läufen plausibel. Schließlich soll sich ja der körpereigene Energiehaushalt den Belastungen gegenüber anpassen lernen.

Nun gut. Im Vorbereitungstraining zum Hamburg Marathon, zu dem ich ja schon angemeldet bin, versuche ich es mal auf diese Tour.

Eigentlich freue ich mich schon wieder auf die zielgerichtete Aufgabe. Der Einstiegstermin zum Vorbereitungstraining ist allerdings erst im Januar kommenden Jahres, da der Wettkampf in Hamburg am 24. April stattfindet. Ich nehme mir aber vor, schon einmal in die neue Trainingsstrategie hineinzuschnuppern.

Für heute ist aber zunächst einmal ein zwei Stunden – Läufchen angesetzt. Sarstedt, Heisede, Ruthe, Schliekum, Giftener See und zurück nach Hause.

Es ist 05.00 Uhr morgens, ich erwache aus meinem Schlaf und fühle mich erstaunlicher weise ziemlich ausgeschlafen und frisch. Eigentlich sollte der Wecker mich erst um 05.30 Uhr aus den Federn holen. Meine innere Uhr meint es wohl heute gut mit mir und will Nummer sicher gehen; mir einen Anschubs geben.

Also auf zum fröhlichen Laufen.

Draußen scheint die dunkle Nacht noch nicht aufgehört zu haben. Die Augen können sicherlich nur wenige Meter Strecke erfassen und dazu zeigen mir die nahe stehenden Bäume an, dass ein leichter Wind aus Nordwest weht. Anständige Menschen liegen sonntags um diese Uhrzeit noch im Bett; drehen sich nochmals auf die andere Seite und träumen vom sonnigen Süden; heißer Sand auf nackter Haut.

Ich hingegen schnüre meine Laufschuhe, schleiche mich aus dem Haus, zwinge mich zu diversen Dehnübungen und setze Kurs Richtung Heisede.

Die Luft ist kühl und erzeugt bei mir eine Art von Trägheit, die Lust auf mein warmes Bett macht. Es ist immer das gleiche Spiel:

Gebe ich diesem Verlangen nach, bedauere ich meine Entscheidung schon kurz danach und eine ungute Stimmung begleitet mich noch Stunden in den Tag hinein. Verwerfe ich diese verführerischen Gedanken aber und setze meinen Weg fort, so dauert es nicht lange und die Stimmung hellt sich auf.

Also ignoriere ich das momentane Gefühl und trabe wie mechanisch gesteuert weiter.

Träumerisch laufe ich meines Weges. Alles läuft mittlerweile runder.

Schon sehe ich das Ortseingangsschild von Heisede, durchquere die Ortschaft und nähere mich dem Dorf Ruthe. Ein eigenartiger Geruch steigt in meine Nase. Es ist Zuckerrübenzeit und in der Nordstemmer Zuckerrübenfabrik herrscht Hochkonjunktur. Die süßrauchige Luft erinnert mich daran, dass sich das Kalenderjahr unumkehrbar dem Ende zuneigt. Schon bald wird Martinstag sein, Kinder werden an der Haustür klingeln und für eine süße Gegenleistung ungezwungene Kleinkunst in Form von Gesang darbieten.

Der saisonbedingte Zuckerrübengeruch in der Luft irritiert mich zunehmend. Ich habe den Eindruck, dass eine Spur von Feuer oder Ruß sich diesem beimengt. Und als ich diesen Gedankengang gerade zu Ende führe, sehe ich auch schon am Ortseingang Ruthe eine heftig glimmende Masse unweit der ersten Wohngebäude. Ich versuche die Situation zu ordnen und entdecke mich dabei, den Gedanken an Osterfeuer im Oktober zu ignorieren; – Erntedank?, Kartoffelfeuer?, Dorffest?

Durch Windzug gereizt, spritzen, einem kleinen Feuerwerk gleichend, Funken empor, die sich dann dem Wind ergeben und mitreißen lassen. Kein Mensch weit und breit ist zu sehen! Sollte man tatsächlich die offene Feuerstelle unbeaufsichtigt hinterlassen haben?

Gibt es keine Feuerwache?

Durch das Wort Feuerwache inspiriert öffnen sich zurückliegende Erlebnisse in mir und führen mich um Jahrzehnte zurück.

Bundeswehr: Zeitsoldat, Heeresflieger, Flugunglück über Waldgebiet, Staffel rückt aus um Unfallstelle zu sichern, ›Feuerwache‹; Staatsanwalt kündigt sich für übermorgen an, tote Kameraden müssen über Nacht mit Scheinwerfern angestrahlt werden, ›Feuerwache‹; endlich sehen wir den Staatsanwalt im VW Käfer – Farbe Weiß, anfahren – keine drei Minuten braucht er um die Leichen freizugeben, das Forstamt verlangt für weitere zwei Tage »Feuerwache««.

Lass die Vergangenheit liegen und kümmere dich nicht um das hier, denke ich mir, und setze im gleichen Augenblick meinen Lauf fort; der glimmenden Masse Feierlichkeit den Rücken zuwendend.

Zwölf Minuten später befinde ich mich schon kurz vor Schliekum und ein Gespenst will mich einfach nicht loslassen, und dieses Gespenst heißt: »Funkenflug und Hausbrand!«

Ich komme nicht davon weg, dass man solch einen Brandherd unbeaufsichtigt hinterlassen hat. Also entschließe ich mich umzukehren, um vor Ort die Situation nochmals in Augenschein zu nehmen. Den Rückweg bewältige ich in weniger als zehn Minuten, obwohl dieser auf halber Strecke leicht ansteigend ist. Am Ziel angekommen entschließe ich mich dazu, die Feuerwehr zu informieren, denn der Wind hat etwas zugenommen und entlockt den Brandnestern vermehrt springend, knisternde Funkenfontänen. Erst jetzt fällt mir auf, dass keine zehn Meter von hier, eine Telefonzelle steht. Also alles klar, Hebel umlegen, Telefonhörer ans Ohr und … »Feuerwehrleitstelle, wer spricht da«? »Hallo, mein Name ist Th …, ich möchte sie darüber informieren, dass …!«

Nach dem Gespräch fühle ich mich aufgeräumter. Schließlich sollte man ja als verantwortungsvoller Bürger auch ein gewisses Pflichtbewusstsein haben. Und als ich mich dem Gedanken hingebe, dass wohl in Kürze von Seiten der Feuerwehr mal so eben vorbeigeschaut wird, ertönt unüberhörbar und kreischend das Signal zum Feueralarm im hiesigen Dorf; – es ist Sonntag in der Frühe, 06.30 Uhr.

Und als sollte das noch nicht alles gewesen sein, nehme ich parallel zum Standort hier, auch noch die Sirenen in Sarstedt mit den umliegenden Dörfern wahr.

Ich spüre in mir einen drängenden Fluchtinstinkt aufsteigen. Schnell weg von hier, links den Weg nehmen und dann sich leise verkrümeln. Auch kommt mir das Bild der drei Affen in den Sinn. Augen, Ohren und Mund zuhaltend – ich sehe nichts, ich höre nichts, ich sage nichts.

Hinzu gesellt sich mir ein irgendwie bekanntes kribbliges Gefühl, welches sich in der Magengegend breit macht.

Na klar, als Kind habe ich gern in der Herbst- und Winterzeit mit meinen Freunden in Giebelstieg Klingeljagd gespielt. Der Reiz des Unerlaubten; die volle Fläche Hand aufgelegt und die Finger, wenn erforderlich, gespreizt damit kein Klingelknopf ausgegrenzt, … innere Unruhe, … sich umschauend, … – zuckend, ähnelnd einem Reflex der Breite wie Höhe, → niederdrückend, -weglaufen und sich schnell hinter einem Gebüsch verstecken, die Augen auf die Fenster oder die Außentür gerichtet, … knisternde Spannung.

Ich glaube, heutzutage nennt man das Klingelstreich.

Aber warum sollte ich mich jetzt unsichtbar machen? Ist es nicht so, dass ich verantwortungsbewusst gehandelt habe!?

Also nehme ich mir vor, an Ort und Stelle zu verharren, um zu Erwarten was da kommt.

In der Ferne höre ich schon das erste Martinshorn. Zeitgleich meiner Wahrnehmung fährt ein Einsatzwagen der Freiwilligen Feuerwehr mit ohrenbetäubendem Signalhorn in die ortseinwertsführende Straße ein, rauscht an mir vorbei, hält, nimmt den Rückwärtsgang und schwenkt kurzum in eine Seitengasse, … stoppt.

Im Fahrzeug befinden sich sechs Personen in ordnungsgemäßer Uniform. Der wohlgeschulte Blick fällt auf die gegenüberliegende Straßenseite, schwenkt suchend nach rechts und verharrt beim Anblick der Brandfläche.

Ich nehme die erstaunten Blicke deutlich wahr und wundere mich, dass keine weitere Einsatzfreude im Fahrzeug auszumachen ist. Anstelle dessen – Betretenheit, diskutierende Gesten, Funksprechgerät zum Mund führend, mich mit den Augen fragend ansprechend. Der Fahrer senkt die Seitenscheibe und ruft mir zu: »Haben sie die Einsatzleitstelle angerufen?«

Innerlich nehme ich mir vor, die Situation offensiv anzugehen und selbstsicher aufzutreten. Dennoch bleibt ein mulmiges Gefühl.

Ich gebe mich als Alarmierender zu erkennen, gehe auf den Einsatzwagen der freiwilligen Feuerwehr zu und ignoriere schlichtweg die gestellte Frage, weise mit der Hand auf die Brandstelle.

»Sehen sie den Funkenflug, der zu den Wohnstätten durch den Wind getrieben wird? Es kann doch nicht wahr sein, dass keine Feuerwache vor Ort ist! Bei der Bundeswehr da hätte man …!«

Meine Direktheit hinterlässt beim Angesprochenen offenbar Eindruck; verhalten versucht dieser mir klar zu machen, dass diese »erloschene Brandfläche« vom Kartoffelfest, welches am Vorabend stattfand, herrührt. Und überhaupt: »Wo ist Funkenflug zu sehen?« Ich schaue meinem Gegenüber erstaunt in die Augen, wende meinen Blick ab, um die angeblich erloschene Fläche Brand zu betrachten, sehe eine Vielzahl hochspritzender Funkenfonteinen, die sich getrieben vom Wind teilweise an einer Hauswand erdrücken und weise auf das gut sichtbare Schauspiel hin. »Ja, sehen sie das denn nicht?«

Der Uniformierte zuckt die Achseln und die Begleitpersonen, die sich bislang gähnend stumm verhielten, gestikulieren unmissverständlich in verschlafen- aufbauender Distanz zu mir.

Ich nehme die Uneinsichtigkeit des Fachpersonals zur Kenntnis, wundere mich über die Oberflächlichkeit, gebe meinen Eindruck zur Situation nochmals kund und kann mich eines guten Rates nicht erwehren, und sage:

»Wenn sie schon einmal aus den Federn sind, dann überraschen sie doch mal ihre Ehefrau oder ihre Lebenspartnerin und decken den Frühstückstisch ganz liebevoll!«

Unmittelbar folgend meines wohlgemeinten Rates fällt meinem Gesprächpartner gut und unmissverständlich sehbar die Kinnlade nach unten. Sprachlos scheint er zu sein und wie in einem Welpenkörbchen, in dem sich gerade aufgeweckte Unruhe breit macht, rekeln sich die freiwillig Bedriensteten ungehalten auf den hinteren Bänken.

Es ist ganz einfach … – ich wende mich ab und nehme meinen Lauf wieder auf.

Die Gedanken kreisen um das Erlebte, geben sich mehr und mehr Raum, verwischen sich mit anderen Eindrücken, verblassen, hinterlassen Spuren die auf Speicherung bestehen.

Nachgedanken über fast lauflose Wochen

Es scheint, dass bei mir irgendetwas in die falsche Richtung gelaufen ist!

Vor zirka vier Wochen habe ich mein Laufpensum heruntergefahren. Begründung zu dieser Entscheidung war, dass ich meinem Körper eine Regenerationsphase gönnen wollte.

Fit bin ich in die Laufpause gegangen und nun dieses.

Das, was in jedem Fachbuch angepriesen wird, nämlich, dem Körper in regelmäßigen Intervallen Schonung zukommen zu lassen, wirkt sich bei mir scheinbar Gegenteilig aus. Ich spüre eine zunehmende Trägheit in mir. Mein Bewegungsapparat ist extrem ungelenk und schwerfällig. Selbst bei geringer Laufleistung, insgesamt zweimal in der Woche zwanzig- bis dreißig Minuten Laufzeit und dieses bei geringem Tempo, zieht und zwickt es im Lendenwirbelbereich, in der Hüfte und zwischen den Schulterblättern. Meinen Magen spüre ich manchmal an seidenen Fäden aufgehangen und sensibel gehalten; irgendwie wund. Auch mein Herz unterliegt, zumindest meine ich das zu spüren, einem Wandel. Wenn ich mich nicht täusche schlägt dieses etwas unregelmäßiger als gewohnt, und das scheint unabhängig davon zu sein, ob ich mich körperlich belaste oder mich im Ruhezustand befinde. Hinzu stelle ich bei meinen Miniläufen fest, dass die aerobe Obergrenze ungewohnt schnell erreicht ist. Noch vor Wochen war meine durchschnittliche Herzfrequenz bei einem langen Lauf, also über zwei Stunden, mit höchstens 135 Schlägen pro Minute festzumachen. Nunmehr erreiche ich schon nach zirka zwanzig Minuten im gemächlichen Laufschritt meinen Grenzwert von 146.

Hinzu, so als wenn die momentane Unpässlichkeit noch nicht zur Genüge ihr Spielchen treiben würde, macht sich bei mir eine ausgedehnte Bequemlichkeit breit und animiert mich zunehmend zum Faullenzen.

Jedes Argument zur sportlichen Untätigkeit ist recht. Und wer suchet, der wird finden.

Es ist eindeutig – ich muss mir einen Angelpunkt zurechtlegen, der mich motiviert und wieder in meinen Trainingsmodus zurückführt.

Den bevorstehenden Hamburg Marathon im April als Motivationsbrücke anzunehmen, fällt mir seltsamerweise schwer; jedenfalls im Moment, denn das Vorbereitungstraining hierzu beginnt erst Anfang Februar.

Ich hoffe, dass ich in den kommenden Tagen meinen Anschwung finden werde.

Geburtstagslauf mit Musik

Heute ist mein Geburtstag!

Zu aller erst schrieb ich; dann Frank Sinatra.

Die Musikstücke, mit samtweicher Stimme gesungen, melodiös und unverkennbar, gefallen mir noch immer; unvergänglich- zeitlose Ohrwürmer.

Mittlerweile sind Jahre verstrichen; und wenn ich mich nicht irre, war es wenige Wochen vor meinem dreiunddreißigsten Geburtstag, als ich den Entschluss fasste, Frankieboy zu seinem Ehrentag schriftlich zu gratulieren. Der zarte Hinweis auf unser gemeinsames- und immer wiederkehrendes, alljährliches Ereignis sollte allerdings bei der Gelegenheit auch nicht zu kurz kommen; sozusagen, richtig rüber kommen, über den großen Teich, um Erwartung bei hoffentlich winterlicher Hochstimmung bei mir zu zeugen.

Obwohl mit den Jahren unvermeidbar und unwiderruflich gereift, ernannte ich die Jugendzeitschrift »Bravo« nochmals, weil vorübergehend, zu meinem Ratgeber und Verbündeten.

Schon kurze Zeit später war ich aufgeklärt und wissend. Die Anschrift wurde mir nicht von Dr. Korf, sondern von einer Frau Müller Schulze, die mich mit freundlichem »Du« und dazu verständnisvoll korrespondierend ansprach, mitgeteilt.

Also schrieb ich in Richtung Westen hinüber und erhielt tatsächlich nur wenige Tage darauf Antwort »... all the best, Frank Sinatra.«

Bis zu seinem Tode erhielt ich alljährlich, und wohlbemerkt, mir zuvorkommend, liebe Grüße aus der neuen Welt.

Es ist 06.50 Uhr und das Thermometer zeigt mir minus drei Grad Celsius an. Ich habe mir zum Ziel gesetzt, dass mein Geburtstagslauf nicht über 09.00 Uhr hinausgehen soll.

Geburtstage bedürfen einer gewissen Voraussicht und Planung.

Ein ausgeprägter Geburtstagsfrühstückstisch soll mich erwarten; und da meine Schwiegermutter nicht mehr gut auf den Beinen ist, steht folgend »mein Besuch bei ihr« an. Feierlichkeiten mit befreundeten Ehepaaren sollen den Tag abrunden.

Vor Wochen habe ich mir einen MP3 Player zugelegt. Laufen und dabei Musik hören war mir dazu Begründung genug.

Das allerdings die Zeiten der einfachen Bedienbarkeit von technischen Geräten vorbei ist, kam mir dabei nicht in den Sinn. Naiv gab ich mich der neuen Technologie hin, um allerdings schon kurze Zeit später festzustellen, dass zwar der Treiber für den PC auf CD – ROM beiliegt, aber nicht die eigentliche Software zum Erzeugen der so genannten MP3 Formate.

Meine Schüler gaben mir den darauf folgenden Tag wertvolle Tipps:

»Sie müssen sich nur das entsprechende Programm aus dem Internet herunterziehen!«

Gesagt bekommen, -versucht, -gescheitert. Note 6; Lindemann setzen.

Tage später, weil Peinlichkeit hemmt, wagte ich eine erneute Anfrage. Daraufhin versprach mir ein mitleidsvoller Schüler die Beschaffung eines solchen Programms. Der Schüler hielt Wort.

Und nun ist es soweit.

Mein Abspielgerät soll den Bestimmungsort Brusttasche in der Laufjacke einnehmen. Der mit besonderer Klemmvorrichtung ausgestattete Ohrhörer verspricht in der Produktbeschreibung verheißungsvoll eine gute Klangqualität mit perfekter Passform am Ohr.

Der Lauf beginnt und ich stelle fest, dass ich meine Schritte nicht hören kann.
Zugleich schreit mir eine vermutlich junge Dame mit etwas verrauchter Stimme in beide Ohren, – will stimmkräftig und melodiös von einer »Perfekten Welle« etwas

mitteilen auf die man Jahre lang warten muss; noch dazu mit Salz in den Augen und Sand in den Haaren.

MP3 Player raus und die Lautstärke reduziert. MP3 Player rein und gelauscht. Gut, so ist es angenehmer.

Dieser Lauf soll mich wieder in meinen verlustig gegangenen Trainingsmodus bringen, denn die wochenlange Regenerationsphase mit wenigen- kleinen Läufen, hat mir nicht wirklich gut getan.

Ich bemerke an mir, dass ich irgendwie nicht bei der Sache bin. Mittlerweile befinde ich mich schon zwanzig Minuten auf der Strecke und kann mich nur schwer in Körper und Geist hineinfühlen.

An Stelle dessen wendet sich meine Aufmerksamkeit nun »Der Münchner Freiheit« zu. Der Interpret des Songs will heute Nacht eine Frau mit nach Hause nehmen. Das Problem hierbei scheint allerdings in der momentanen Unwilligkeit der Dame sich festzumachen, denn der Werber droht damit, bei Ablehnung, heute Nacht, nicht Einschlafen zu können.

Als kleines Kind hat mir mein Vater oft das Lied »Schlaf Kindlein schlaf« oder »Der Mond ist aufgegangen« vorgesungen.

Ob die beruhigende Wirkung dieses Kinderliedes auch auf Sturm und Drang – Gelüste sich niederlegen kann und beruhigend wirkt?

Die Luft ist am heutigen Morgen nasskalt.

Wer vernünftig ist, dreht sich nochmals auf die Seite und kostet die Bettwärme aus.

Ich hingegen bin mir meines Laufes nach wie vor gar nicht richtig bewusst. Mein Kopf richtet die Aufmerksamkeit mehr den Musikstücken zu. Das Hineinfühlen in den eigenen Körper, die Wahrnehmung des um mich herum befindlichen scheint im Hintergrund des »Ichs« verborgen; dringt nicht in jene Regionen vor, die Wahrnehmbares erlebbar machen.

Die sonst bei einem langen Lauf nach oben schwappenden Gedanken, bleiben, wie mit einem abdeckenden Tuch, versiegelt, – scheinbar unauffindbar.

Frank Sinatra flüstert mir etwas ins Ohr. New York, New York – so heißt die Formel.

Ich schaue unbewusst auf meine Pulsuhr und stelle fest, dass sich die Herzfrequenz etwas nach oben korrigiert hat. Parallel dieser Feststellung schwenken meine Gedanken über den großen Teich. Zum New York Marathon; jenem Kultlauf.

Von einer Sekunde auf die andere bin ich motiviert. Mein Bewegungsablauf läuft fühlbar runder; die Schrittlänge greift mehr Raum.

Ich fühle mich gut.

Heute ist mein Geburtstag –

»Hallo Frankieboy weist du noch?
Hörst du mich?«

Marianne Rosenberg schleudert mich mit »Ich bin wie du« wieder auf eine andere Ebene der Gefühlsform zurück.

Welch eine Kombination der Musikstücke!

Habe »ich« diese Zusammenstellung wirklich selber vorgenommen?

Der Geburtstagslauf geht weiter und ich bin mir schon jetzt darüber ziemlich klar, dass ich begleitende Musik während eines Laufes in Zukunft nur noch zu bestimmten Trainingseinheiten einsetzen werde.

Vorstellbar sind bewusst ausgewählte Musikstücke, die bei kurzen Intensivläufen ihren positiven Beitrag leisten können.

Auf langen- meditativen Läufen allerdings verstellt Musik die Zugängigkeit ins Reich der tragenden Gedankenwelt des eigenen Ichs.

Erfahrung gibt den Weg zur Einsicht frei und ermöglicht die Chance zur Korrektur!

Und manches mehr ...

Es ist wohl wahr!

Meine letzten Aufzeichnungen habe ich zu meinem Geburtstag niedergelegt. Was aber nicht bedeutet, dass ich dann folgend in sportliche Inaktivität verfallen bin.

Wie selbstverständlich vollzog sich mein wöchentliches Laufpensum. Auch die langen Läufe kamen nicht zu kurz.

Nein, mit Bild, Bier und Füße hoch konnte man mich noch nie verführen.

Vielmehr drückte das Restjahr mit seinen vermutlich vermeidlich- verpflichtenden Aufgaben. Insofern blähten sich anerzogene Verhaltensmuster auf und taten ihr übriges, so dass ich nur schwerlich in der Lage war Schreibarbeit zu leisten.

Und das unbeschriebene- weiße Blatt Papier kann dermaßen nichts sagend sein, dass man sich, wenn man die aufsteigende Leere gewähren lässt, nur mit Mühe wieder aufrappeln kann.

Und nunmehr, es ist der 22. Februar 2005, beginnt es wieder – die Vorfreude auf das da kommende, dass Nachsinnen, dass Wort an Wort fügen bis der Satz gebildet, Sinn macht und sich hoffentlich mitteilt, – »DIR und DIR«, vielleicht auch »DIR«, mal mehr, mal weniger, Zeit ausfüllt.

Seit *drei Wochen* gestalte ich mein *Lauftraining* wieder nach strengeren Maßstäben.

Der *Hamburg Marathon*, zu dem ich mich schon vor längerer Zeit angemeldet habe, liegt nicht mehr in allzu ferner Zukunft. Am 24. April dieses Jahres werde ich einer von 33.000 Laufsportbegeisterten sein und mehrere Stadtteile Hamburgs durchqueren.

Also ist mal wieder Selbstdisziplin angesagt. Und diese scheint mir gut zu tun. Nicht, dass ich ohne strikte Vorgaben ein undiszipliniertes Trainingsverhalten an den Tag legen würde, nein, aber klare Vorgaben fördern durchaus, zumindest bei mir, eindeutigere Orientierung.

Rückschritt

S eit Dienstag plagt mich eine starke Erkältung. Maus hatte schon vor zirka sechs Wochen zwei Erkältungsphasen durchgemacht. In guter Hoffnung, dass ich davon verschont bleiben würde, war ich mir zwar der Ansteckungsgefahr bewusst, verhielt mich aber nicht sonderlich vorbeugend. Zunächst gab mir meine Unbesorgtheit Recht, schließlich hielt ich mich ohne verdächtige Symptome und meine Fitness steigerte sich durch intelligentes Lauftraining in den letzten drei Wochen spürbar. Aber nun, in der vierten Trainingswoche zum Hamburg Marathon, zehrt auch in mir ein grippaler Infekt.

Von geplanten vier Trainingsläufen konnte ich in dieser Woche nur einen absolvieren und diesen habe ich auch noch gekürzt. Im Klartext heißt das, dass ich von insgesamt vorgegebenen drei Stunden Laufzeit nur dreißig Minuten abgeleistet habe.

Allerdings, und darüber bin ich tatsächlich etwas verwundert, hält sich meine Frustration hierzu in Grenzen. Es mag sicherlich zum Großteil auch daran liegen, dass ich mich grundsätzlich zum Thema Marathon abgeklärt habe.

Will heißen, dass ich mir durchaus, und dieses zum einen, über die körperlichen Abläufe mit dessen Notwendigkeiten im klaren bin, und zum anderen, dass ich die mentale Komponente gleichwertig mit in meine ganzheitliche Konzeption eingebunden habe.

Ich bin sogar fest davon überzeugt, dass in der Vorbereitungszeit zu einem Marathon, gewisse Phasen eines Konflikts dazugehören. Vielleicht bilden diese Unpässlichkeiten in Komposition mit dem Training und nicht zuletzt mit dem Marathon selbst das Salz in der Suppe.

Denn, wäre der immerfortwährende Gleichklang, also die stetig lineare Fortschreibung der Ereignisse in Bezug auf die Grundsätzlichkeit des menschlichen Erlebens – ausschließlich gegeben, so müsste damit sogleich jegliches unvorhersehbare aus dem Repertoire »Leben« als getilgt angesehen werden. Sicherlich eine außerordentlich derbe Vorstellung, die der Bedeutung dieser doch eher oberflächlichen Aussage nicht gerecht wird.

Neuer Ansatz

S chon ist die Woche annähernd verstrichen und der dazugehörige Sonntag hält für mich nur noch die Hälfte des Tages zur Verfügung. Die ganze Woche bin ich nicht einen Schritt gelaufen. Meine Bronchitis offenbart sich mir nunmehr zwar stark abgeschwächt, aber immerhin noch mit einer gewissen Restdominanz. Die Gelassenheit, die ich noch letzte Woche an den Tag brachte, neigt sich zunehmend dem Ende entgegen, schließlich sind es nur noch neunundvierzig Tage bis zum Hamburg Marathon. Das bedeutet also, dass ich zirka vierzehn Tage meines zwölfwöchigen Vorbereitungstrainings eingebüßt habe.

Heute Nacht hat es bei -12°C erneut geschneit und die Luft gegen Mittag ist immer noch schneidend kalt, obwohl die Temperatur auf -4° C angestiegen ist.

Ich habe mir fest vorgenommen, heute, am späten Nachmittage, einen langsamen Lauf von circa einer Stunde Dauer zu wagen und dabei bin ich mir nicht restlos im Klaren, ob der Widereinstieg zu diesem Zeit-punkt der Richtige ist.

Man möchte tagesaktuelle Informationen, die man un-weigerlich aufnimmt, weit von sich werfen – aus dem eigenen Kopf tilgen, ausradieren und nichtig machen, restlos. Wie konnte es nur so weit kommen, dass schein-bar annähernd jegliche Bescheidenheit und damit ein Mindestmaß an Anstand sich in weiten Kreisen unserer heutigen Gesellschaft verflüchtigt.

Manager scheffeln in die eigene Tasche, wobei auch

noch bei nicht mehr zu verschweigenden Fehlleistungen Beträge in Millionen Höhe als Abfindung winken. So genannte Volksvertreter bessern ihre Diäten mit diversen Nebentätigkeiten auf, wobei selbstverständlich, und nunmehr zur offiziellen Version, die Unabhängigkeit dennoch gewahrt bleibt.

Laufstrecke – Minuten und Stunden vergehen

Und ist es bei diesen Vorgaben nicht verständlich, dass der Normalbürger sich diesem Prozess versucht anzugleichen, sich in seinem möglichen Rahmen vergleichbar und grundsätzlich anpasst?

Das Überschreiten der Straße trotz anzeigendem Rot der Fußgängerampel, dass Fahrrad fahren bei Dunkelheit ohne eingeschaltetes Licht, das Wegschauen bei Gewalttätigkeiten – und so weiter, und so weiter.

Kommt dieses Verhalten einer Art von Gleichgültigkeit nahe oder vielleicht sogar einer gewissen Portion von Abgestumpftheit?

Sind Werte und Normen wirklich nicht mehr kompatibel mit der heutigen- gesellschaftlichen Entwicklung?

Sind Solidarität und Gemeinsinn wirklich Bezeichnungen für etwas, das mit Vergangenheit geschlagen ist?

Dekadent, unmodern – restlos veraltet, gestrichen aus den Köpfen, abgeschoben aufs Abstellgleis mit der Option der eventuellen- nochmaligen Verwendung.

Gewährt man sich Hoffnung auf Abruf?

Wir nähern uns in Deutschland immer mehr der sechs Millionen- offiziellen Arbeitslosen.

Und das Schlimmste an alledem ist, dass keine Trendwende sich am Horizont zeigt!

Selbst gesellschaftskritische Stimmen, die sich in der Vergangenheit zu Worte gemeldet haben, sind mittlerweile entweder verstummt oder schwimmen mit dem Strom der Zeit, verhalten sich angepasst – sind sogar zu VIPs empor gehoben.

Schreibblockade

Ja, ich weiß, dass ich mich in den letzten Wochen bezogen auf meine Schreibarbeit mal wieder bescheiden gezeigt habe. Nennt man das Schreibblockade? Oder konnte ich meinen eigenen Schweinehund in dieser Beziehung erneut einfach nicht überwinden? Ich bin mir darüber nicht ganz im Klaren! Auf der einen Seite nehme ich mir vor im Laufe des Tages mit der Schreibarbeit anzufangen, spüre im gleichen Moment dieses Gedankenganges Vorfreude, tue es aber im Tagesverlauf dennoch nicht. Dann, also im Nachhinein der verstrichenen Zeit, verspüre ich in mir ein verhaltenes Gefühl von Enttäuschung aufsteigen.

Und jetzt, es ist der 31. März gegen 8:00 Uhr, sitze ich im Morgenmantel an meinem Schreibtisch und formuliere diese Zeilen.

Meine Gedanken wandern dreieinhalb Wochen in die Zukunft – zum Hamburg Marathon.

Wiederholende, also altbekannte Zweifel hierzu bilden sich vor meinem inneren Auge, halten inne, vergegenwärtigen sich und zeigen Bestreben sich in mir festzusetzen.

Schon vor geraumer Zeit habe ich in einem Laufsportbuch gelesen, dass man in der Vorbereitungszeit zu einem Wettkampf sich darauf meditativ vorbereiten soll.

Bestandteil dieser geistigen Vorbereitung war unter anderem, sich beim Zieleinlauf vorzustellen:

Hände hoch reißend überschreite ich die Ziellinie, nur leicht verschwitzt und freudestrahlend sauge ich in mir die Stimmung vor Ort auf. Eine genüssliche Mattigkeit überkommt mich. Unter der heißen Dusche wasche ich mir die gelaufenen Kilometer vom Leibe.

Es sind nunmehr nur noch dreieinhalb Wochen, nur noch dreieinhalb Wochen bis zum Hamburg Marathon!

Werde ich diese Strecke auch diesmal schaffen?

Mit welcher Zeit überschreite ich die Ziellinie?

Wie werde ich mich danach fühlen?

Wie werden sich die darauf folgenden Tage und Wochen bei mir auswirken?

Fragen mit Verfallsdatum. Antworten, die sich noch zurückhalten im schon festgelegten Lebensspiel, wartend auf das da kommende.

Ist unsere Zukunft von höherer Instanz unausweichlich festgelegt?

Bestimmen wir Menschen – was auf uns zukommt?

Trainingsstand

Ich befinde mich gegen Ende der neunten Trainingswoche zum bevorstehenden Marathon.

Im ersten Drittel der Vorbereitungszeit war ich allerdings zwei Wochen außer Gefecht, weil eine Bronchitis mich körperlich sehr mitnahm. Also musste ich zwei von insgesamt zwölf Vorbereitungswochen streichen.

Bei den vorhergehenden Überlegungen zum Trainingsplan stufte ich mich für die Leistungsklasse »unter vier Stunden« ein; gefühlsmäßig hatte ich aber nach meiner Erkrankung den Drang, die verloren gegangenen vierzehn Tage irgendwie nachzuholen. Das kann selbstverständlich, und darüber war ich mir natürlich im Klaren, nicht durch Einbindung der tatsächlich versäumten Laufstunden im nunmehr wieder beginnenden Rhythmus geschehen. Kurzerhand änderte ich meinen Trainingsplan in die nächst höhere Leistungsklasse.

Das heißt: Marathon »unter dreieinhalb Stunden«!

Vor dem Steinhuder Meer Marathon im letzten Jahr hatte ich diese Leistungsstufe kurzfristig gelaufen. Stellte aber schon nach zirka acht Tagen fest, dass gewisse Überlastungserscheinungen sich spürbar zeigten. Die Gelenke wurden unbeweglicher; fast unmerklich schlich sich ein schwergängiger Laufstil ein. Hinzu kam dann natürlich, und wie selbstverständlich, eine nachlassende Motivation.

Nunmehr scheint mir diese erhöhte Leistungsanforderung angemessen. Natürlich hat man mit einem gewissen Leistungsprofil Phasen, die körperliche Grenzen aufzeigen. Aber mit Beachtung anzeigender Körpersignale muss man eben versuchen, intelligente Regenerationsmaßnahmen in die Praxis umzusetzen. Ich habe mit Yoga gute Erfahrungen gemacht. Auch Autogenes Training steht hierbei gleichwertig diesem gegenüber.

Bei alledem bin ich mir aber dennoch bewusst, dass ich den Marathon in Hamburg nicht unter dreieinhalb Stunden werde Laufen können. Von vier Stunden und achtundzwanzig Minuten am Steinhuder Meer auf unter dreieinhalb Stunden beim Hamburg Marathon wäre wohl etwas zu viel getönt.

Und über diese Tatsache bin ich nicht sonderlich traurig, denn dabei sein ist bei mir nach wie vor alles.

Ich möchte die Vorbereitungszeit zu einem Marathon durchleben, das Klima beim Wettkampf selbst erfahren und das schöne Gefühl beim Zieleinlauf spüren.

1. April 2005

M aus kommt gegen 11:00 Uhr vom Dienst und berichtet mir, dass im Radio die Meldung bekannt gegeben worden ist, dass der Papst im Sterben liegt. Die Pressestellen veröffentlichen, dass Johannes Paul II. bereits das Bewusstsein verloren haben soll, und, so wörtlich: diesen Abend oder die kommende Nacht die Pforten zu Christus geöffnet bekommen wird.

Nicht das ich mich als, im weltkirchlichen Sinn, tiefgläubigen Menschen bezeichnen könnte, aber irgendwie spüre ich, dass in mir eine schwer zu bezeichnende Art von beklemmender Stimmung aufsteigt.

Erst vor fünfzehn Minuten bin ich vom Laufen heim gekommen. Heute lag nach Trainingsplan ein fünfundvierzig minütiger- intensiver Intervalllauf an. Meine Haare sind noch etwas feucht vom Duschen und ich spüre Restspannung in den Oberschenkeln wie auch ein leichtes Brennen, welches mir unmissverständlich mitteilt, dass ich im Leistungsintervall anaerob gelaufen bin. Milchsäure traktiert also meine Muskelfasern!

Maus blättert in der Tageszeitung und dazu läuft das Radio im Wohnzimmer, während ich die Kaffeemaschine mit Kaffeepulver und Wasser füttere, Knöpfchen drücke, um dieser Gerätschaft scheinbares Leben einzuhauchen. Es gluggert, es zischt und in der Küche steigt Kaffeegeruch auf.

Im Radio informiert man die Zuhörer fortlaufend vom Todeskampf des Papstes.

Wie nebenbei erfährt man auch hierbei, dass Harald Juhnke gestorben ist. Der Entertainer starb heute in einem Pflegeheim.

Welch ein seltsamer Morgen. Eine Hiobsbotschaft jagt die andere.

Harald Juhnke mochte ich – »Barfuss oder Lackschuh, der Hauptmann von Köpenick«. Ich glaube, er kam Frank Sinatra mit manchen seiner Lieder am nächsten.

Ich sitze mit Maus im Wohnzimmer, wir trinken Kaffee mit viel Milch, wobei ich mir zusätzlich einen guten Teelöffel Honig in diesem gönne.

Stumm sitzen wir da.

Unvermittelt berichtet Maus mir, dass es Herrn M. zunehmend schlechter geht. Er ist mittlerweile kaum ansprechbar, will keine Nahrung mehr zu sich nehmen und verliert zusehends von Tag zu Tag seine körperliche Erscheinung. Seine Ehefrau kümmert sich rührend um ihn. Auch der katholische Pastor soll schon da gewesen sein. Gespräche mit der Ehefrau und den Kindern – anschließend dann eine so genannte Krankensalbung.

Mit unserem Gespräch erfahre ich dann auch den Unterschied zwischen einer Krankensalbung und einer letzten Ölung.

Herr M. wird wohl die nächsten Tage nicht überleben.

Geboren werden um zu sterben, und mittendrin das Leben.

Das ist des **_Lebens Flusses Lauf._** Unabänderlich, wie ebenso beeindruckend.

Ich kann mich an ein Gespräch zwischen meinem Vater und unserem damaligen Nachbarn erinnern – ich muss so zwischen acht und zehn Jahre alt gewesen sein.

In diesem Flurgespräch ging es um das große Thema »Sterben und Tod«; ob es hierzu einen konkreten Anlass gab oder diese Thematik nur aus einer gewissen Tageslaune heraus entsprang, kann ich heute nicht mehr sagen; aber, auf jeden Fall hatte mich die Aussage des Nachbarn verwundert, indem dieser den Zustand nach dem Tod als – »dann ist nichts mehr«, beschrieb.

Noch heute verwundern mich solch locker hingeworfene Formulierungen von so manchen Mitmenschen.

Ist die Erwartungshaltung in dieser Beziehung wirklich so egal? Oder steht diese Aussage eigentlich nur stellvertretend für eine besondere Art von persönlicher Schutzfunktion?

Augen zu und durch?!

Habe _ich_ eventuell die falsche Ideologie?

Kann das schon alles gewesen sein?

Es muss doch noch etwas danach sein!

Einsteins Theorie, dass Energie nicht erzeugt und nicht vernichtet werden kann, sondern eine Umwandlung erfährt, besitzt nach meinem Wissen auch heute noch Gültigkeit.

»Glaube und Hoffnung« bedeutet nicht – »Wissen«!

Und gerade deswegen erscheint mir so manches Mal »Glauben und Hoffen« als zu wenig. Ich möchte mehr Erfahren und Hinzulernen, um mich dem Wissen, zumindest ansatzweise, zu nähern.

Drei Stunden laufen

H eute in drei Wochen werde ich meinen Marathon in Hamburg erlaufen.

Maus hat Wochenenddienst und muss heute, also am frühen Sonntagmorgen, zeitig aus dem Bett. Und da ich es mir angewöhnt habe dann ebenfalls aufzustehen, wach wird man ja sowieso, decke ich für uns beide den kleinen Kaffeetisch.

Es fällt mir nicht sonderlich schwer nach diversen Auf- und Abräumarbeiten im Haus, meine Laufschuhe zu schnüren, um dann anschließend einen langen Lauf zu absolvieren.

Ein 3 Stunden Lauf steht heute an und es ist kurz vor 7:00 Uhr in der Frühe. Der heutige Lauf wird in dieser Größenordnung der vorletzte vor dem Hamburg Marathon sein. Nur nächste Woche noch einmal ein 3 Stunden Läufchen mit gemäßigtem Tempo, um dann nach und nach das Laufpensum zurück zu fahren, damit der Körper Regenerationszeit in Anspruch nehmen kann.

Erholung vor der großen Herausforderung!

Nachsatz zu den vorhergehenden Seiten:

Der Papst und Herr M. sind gestern – am 2. April 2005 gestorben.

Ich spüre am heutigen Sonntag, also am Tag danach, immer noch ein Hauch von Bedrücktheit.

Start: Nach den letzten warmen Tagen ist heute Morgen ein Temperatursturz zu verzeichnen. Die 1° C klammern sich an meine Gelenke und stehen meiner Beweglichkeit entgegen. Ich kann mir mal wieder nicht vorstellen, dass ich drei Stunden am Stück durchlaufen werde. Um mir das Einlaufen leichter zu machen, wähle ich diesmal nicht die leicht steigende Strecke zum Neubaugebiet hin, sondern wende mich in Richtung Boxbergwäldchen.

Der Weg führt bergab und mehr hüpfend als laufend versuche ich eine geistige Einstellung zum heutigen Trainingsteil mir zurechtzulegen.

Meinen MP3-Player habe ich bewusst zu Hause gelassen. Zum einen bin ich aufgrund der letzten Ereignisse nicht in der Stimmung dazu und zum anderen erhoffe ich mir von der Klanglosigkeit entspannende und mental ausgleichende Momente.

Dreißig Minuten bin ich nun schon unterwegs und das Dorf Heisede liegt vor mir. Es scheint, dass sich der Spaß am Laufen heute bei mir schwer tut. Irgendwie ist alles ungelenk und die Stimmung dazu lässt auch zu wünschen übrig.

Ich lege mir diverse Beurteilungen und Einschätzungen zu meiner Verfassung zurecht. Bin ich übertrainiert, schließlich liegen diese Woche schon geschlagene 58 Laufkilometer hinter mir, oder gehört dieser körperliche und geistige Zustand als ein Bestandteil des Trainingsprogramms einfach dazu?

Ich frage mich, was ich hier treibe und versuche meine mürbenden Gedanken zu verwerfen.

»Schau nach vorn, schau nach links oder meinetwegen auch nach rechts«, rufe ich mir innerlich zu, …. und tatsächlich, – ich nehme das um mich herum intensiver wahr.

Mein erster positiver Gedanke des heutigen Tages ist, dass sich ein herrlich sonniger Morgen mir zeigt. Das Vogelgezwitscher um mich herum flüstert aufgewacht von Frühling und Lebensfreude.

Und wie auf Knopfdruck bewege ich mich leichter. In der Ferne höre ich den ICE rauschen. Gibt es eigentlich eine Waschanlage für derartige Gleisfahrzeuge? Sicherlich, – aber wo befindet sich diese? Nie davon gehört!

Die Eindrücke, die auf mich einfließen mehren sich und bilden in der auffüllenden Masse seines Selbst ein ganzheitliches Sehen.

Ich laufe in Ruthe ein, verlasse kurz darauf die Ortschaft und nähere mich dem Dorf Schliekum.

Brandgeruch steigt in meine Nase und ich schaue mich um, … schaue mich um und ertappe mich dabei, dass ich lodernde Flammen und hochaufragende Rauchsäulen suche, für einen Moment sogar flüchtende Menschenmassen, aber nichts ist zu erblicken. Kein Hilfeschrei macht mich zum Helden.

War vor Monaten nicht schon einmal eine solche Situation, in der ich, wohl bemerkt aus Pflichtbewusstsein, die ortsansässige Freiwillige Feuerwehr alarmierte? Vergessen und hoffentlich verziehen. Reste von Kartoffelfeuerfeierlichkeiten sollte man auch nicht ohne Brandwache sich selbst überlassen!

Im Weiterlaufen richte ich meinen Blick in jede da kommende Straße und Gasse; und plötzlich eine weitere Auffälligkeit. Nicht ebenerdig, sondern hoch und noch etwas höher den Blick gerichtet – zum Kirchturm, genauer gesagt zur Kirchturmuhr hinauf. Bin ich so früh in der Zeit? Oder was erscheint mir so auffällig an dem, was sich großflächig zeigt und gleichmäßig beweglich scheint. Die Uhrzeit ist's was dort nicht stimmt, nicht stimmig mit dem jetzt und politisch festgelegten. Winterzeit, Sommerzeit? Meine Uhr habe ich vor einer Woche – termingegeben umgestellt.

Wie war das noch?

Eine Stunde vor – eine Stunde zurück?

Ich stelle fest, dass ich mir unsicher bin! Welche Uhrzeit ist die natürlichere? Die Sommerzeit oder die Winterzeit? Ich kann meine Fragen einfach nicht beantworten und dennoch bleibt festzuhalten, dass die Kirchturmuhr genau eine Stunde rückläufig ist.

Das ist doch wohl eine Seltsamkeit! Ist der hiesige Pastor ein Aufmüpfer oder schläft der Kirchenvorstand noch?

Kein Brand in Sicht und die Kirchturmuhr zeigt schamlos Selbstbewusstsein.

Die nächste links hinunter, und zwar mit Vorsicht, denn das Kopfsteinpflaster ist rutschig von der Restnässe der Nacht. Auslaufend des Dorfes überquere ich auf einer maroden Brücke, die mit morschig, nachgebend- federnden Gehölz beplankt und mittlerweile für den Pkw Verkehr gesperrt ist, den Fluss »Leine«. Die Brücke hinter mir lassend und mit sehbar kurzer Strecke parallel zum Flussverlauf mich bewegend, beeindrucken die dicht aufeinander fallenden Wellenkämme des fließenden Gewässers, die vom noch tief liegenden Sonnenlicht sich tänzelnd und verspielt repräsentieren.

Mein Laufschritt ist zwar immer noch nicht gut leichtfüßig, aber das mag wohl auch an meiner Trainingsintensität der vergangenen Wochen liegen. Ohne Fleiß kein Preis, bedeutet für mich momentan: fünf Mal in der Woche Lauftraining in den verschiedensten Leistungsstufen. So hoffe ich auf, termingesetzte Leichtfüßigkeit und dementsprechendes Durchhaltevermögen zum Hamburg Marathon, der ja am 24. April dieses Jahres ansteht.

Unerwartet, und wie aus heiterem Himmel, rasen zwei tief über dem Erdboden fliegende Schwäne in geringer Distanz zu mir rauschend vorbei. Der Flügelschlag ruhig und kräftig, die gesamte Körpermasse wie zu einer stärker werdenden Linie geformt, aerodynamisch, sicherlich zielorientiert, so verliere ich sie aus meinem Blickfeld.

Gänseschwärme genießen auf einer großen Weidefläche die Wärme der Sonnenstrahlen. Selbst durch mein Vorbeilaufen lassen sich diese kaum stören. Nur eine leichte Unruhe bringt Bewegung in die Gemeinschaft.

Nebelschwaden umweben noch den Giftener See und in der Ferne zeigt sich für mich das erste menschliche Leben in Form eines Joggers.

Große Stille liegt über der Wasserfläche. Selbst auf der Wegung zwischen dem See und der Bahnlinie kann ein herannahender Güterzug für mich die Idylle nicht trüben.

Die Ruhe kehrt zurück und meine Gedanken bewegen sich um Jahrzehnte nach hinten. Gedankenfetzen wie: Märklin Eisenbahn, Rangierlok, Bahnanlage, Bahnhof, Gipsberge von Hand geformt verbunden mit Brücken aus Streichhölzern gebastelt, Ritterburg, Tretroller sowie kurze Lederhose mit abgehobenem Hirschemblem, heute würde man das wohl als Logo bezeichnen, umgarnen mich.

Während dessen trommelt mich ein im Moment noch nicht einzustufendes Geräusch aus meinem Tagtraum. Dänn, dänn, dänn ….. dänn, dänn – metallisch geschlagener Takt in schneller Folge und mit kurzen Pausen garniert.

Trommelfeuer gleichend, hell im Ton, – sonderbar.

Während des Laufens blicke ich suchend um mich und sehe voller Überraschung, zirka 20 bis 30 m vor mir, einen Specht, der scheinbar sich die Aufgabe gestellt hat, ein Bahnanlagensignal zu bearbeiten. In der Schräge sich festgekrallt an einem Profilstab, leicht hängend, schlägt dieser auf das darüber befestigte Signalblech gezielt ein.

Auf gleicher Höhe mit diesem Abenteurer bemerkt er mich, schaut zu mir herüber, lässt mich nicht aus den Augen, verharrt in dieser Aufmerksamkeit, und, … wiegt sich mittlerweile wieder in Sicherheit, da Gegner sich entfernt, – flüchtet, und betreibt erneut sein Geschäft mit fleißiger Tat.

Ich laufe in Giebelstieg ein. Schnell noch über die Bahngleise, dann links, dann rechts und wieder links – Spielplatz meiner Kinderzeit.

Auf der gegenüberliegenden Straßenseite haben sich von damals nur vier Geschäfte halten können. Zum einen der Fleischer, dann das Schreibwarengeschäft, die Apotheke und zum anderen der Friseur. Das heutige Schreibwarengeschäft war damals für mich eigentlich ein Spielzeugladen, denn dort konnte man sich eine täuschend echt aussehende Spielzeugpistole mit der Bezeichnung »Susi« kaufen. Meine Mutter gab mir wohl manche Mark für den Erwerb eines neuen Modells. Nur wenige Meter vom Ort meiner Begierde entfernt, das Friseurgeschäft. Damals, wie sicherlich auch heute, ein unbedingtes Muss für echte Sarstedter oder diese, die sich dafür halten. Denn hier konnte man brandaktuelle Informationen, oft schon vor der ersten aktuellen Pressemitteilung, sich von Herrn S. mitteilen lassen. Wenn ich mich nicht irre gab es zur damaligen Zeit grundsätzlich nur zwei Herrenschnitte – zunächst der Fassonschnitt: für mich die gehasste Version, denn vom Halsnacken aufwärts mit einem Rasierapparat fast kahl geschoren, konnte man damals nicht unbedingt Start machen.

Die zweite Ausführung nannte man Rundschnitt: bei mir und bei vielen meiner damaligen Freunde – der Hit. Hier wurde der Nacken nicht mit einer rasenmäherähnlichen Maschine traktiert, sondern nur mit der Schere ausgedünnt und, nun das Besondere, auslaufend zum Halse hin an beiden unteren Eckpunkten mit einer Rundung versehen. Daher wohl die Haarschnittbezeichnung. 1,10 DM, das ist mir noch gut in Erinnerung, kostete die noble Ausführung.

Der Fleischer interessierte mich damals nicht sonderlich – wohl Frauensache. Die Apotheke, na ja, für ältere Leute.

Heute, also mit den Jahren, kehrt sich die Medaille.

> Aus dem Spielzeugalter bin ich raus,
> meine Haare schneidet Maus,
> der Fleischer ist für mich jetzt und heut kein Graus und
> aus der Apotheke komm ich auch so manches mal heraus.

Ich traue meinen Augen nicht. Noch nie ist Maus mir bei einem langen Lauf begegnet. Mit dem Dienstwagen biegt sie in die Ladenstraße ein und hupt. Wir bewegen uns aufeinander zu, lächeln, kurze Umarmung, und weiter geht's. Auf Maus wartet schon der nächste Patient und auf mich die kommende Laufstunde.

In circa fünfundvierzig Minuten werden wir uns wieder begegnen. Maus fährt auf dem direkten Weg vom letzten Patienten kurz beim Bäcker vorbei um Brötchen für unser zweites Frühstück einzuholen; parallel zu dieser Gegebenheit befinde ich mich in der Nähe und winke rücklings ihr zu.

Auch diesmal führt meine Laufstrecke an der St. Paulus

Kirche vorbei. Auch diesmal drehe ich auf dem Vorhof der Kirche eine kleine Runde in der Hoffnung, dass die Eingangstür nicht verschlossen ist. Auch diesmal werde ich wieder enttäuscht! Wäre es nicht denkbar gewesen, diese von Samstag auf Sonntag durchgehend geöffnet zu halten? Schließlich ist gestern der Papst gestorben!

Also fahre ich dem Engel, der Bestandteil der schweren Eingangstür ist, zum xten Male kurz übers Gewand und ziehe meines Weges, mit dem Ziel, nunmehr die katholische Kirche im Ort anzusteuern. Es muss doch möglich sein, gegen 9:00 Uhr morgens und dazu noch an einem Sonntag, eine offene Kirchentür zu finden!?

Allerdings darf ich mein Laufpensum auch nicht außer Acht lassen. Also nehme ich nicht den direkten Weg durch die Innenstadt, sondern verlasse zunächst einmal wieder Sarstedt, um mich in Richtung Ahrbergen zu bewegen.

Schon kurz, nachdem ich die Ortschaft verlassen habe, verflüchtigen sich die negativen Gedanken und mit dem Erleben des Augenblicks wärmen die Sonnenstrahlen mich auch von innen. Mein Blick schweift über bestellte Felder, Grünflächen und sprießende Gehölze. In der Ferne sehe ich die verschiedensten Farbabstufungen landschaftlicher Flächen. Ganz in der Nähe pflügt ein Landwirt sein Feld. Die Erdschollen glänzen mit ihrer kräftig – dunkelbraunen Fläche, kaum nach oben gewendet der Sonnenwärme hingegeben, leicht und gewissermaßen schleierförmig, Erdefeuchtigkeit freigebend.

Hinter der Ortschaft Ahrbergen führt mich mein Weg wieder Richtung Sarstedt.

Zunächst auf einem endlos lang gestreckten Feldweg um dann über das Wehr, welches den Fluss »Innerste« staut und regulieren soll, mittig der Innenstadt einzulaufen. Zunächst rechts, dann vor der Fußgängerzone links ab, um folgend direkt auf die katholische Kirche zuzulaufen. Die Parkplätze vor dem Kirchengebäude stehen leer und die in der Nähe befindlichen Wohngebäude dunsten von innen heraus noch Schlafmüdigkeit aus. Obwohl es mittlerweile schon 9:30 Uhr ist nehme ich keine Menschen wahr, so als müsste man den versäumten Schlaf von vergangener Nacht nachholen.

Die Kirchentür ist <u>nicht</u> verschlossen!

Ich drücke die schwere Türklinke hinunter, begebe mich in das Gebäude und spüre förmlich die feierliche Stimmung im großen Raum. Weihrauch liegt in der Luft und Sonnenstrahlen, die Eintritt durch ein seitliches Ornamentfenster gefunden haben, durchschneiden diagonal das hohe Innere des Gebäudes, finden den Weg zum Altar, treffen auf ein dort aufgeschlagenes Schriftwerk – die Bibel.

Ich vergegenwärtige mich meiner Stimmung und nehme ein Gefühl in mir wahr, welches mit – »behütet sein« in einer nicht unbedingt bestimmbaren Form gleichzustellen ist.

Diese zwei bis drei Minuten Verschnaufpause an diesem Orte hatten etwas Besonderes.

Nach diesem Erleben neigt sich mein langer Lauf dem Ende entgegen.

Die letzte Etappe führt mich unmittelbar durch die weitere Innenstadt. Mittlerweile regt sich der Ort und hier und da kommen mir Personen entgegen.

Wie nebenbei bemerken diese mich und ich sie.

Mein langer Lauf dauerte Netto – drei Stunden und dreizehn Sekunden. Der Kilometerzähler zeigt mir die Zahl 28 km und 780 m an.

Mein letzter langer Lauf vor Hamburg

Es ist einfach nur beschwerlich an diesem Sonntagmorgen.

Ich stehe um 6:30 Uhr auf um gegen 7:00 Uhr starten zu können. Mich fröstelt, wenn ich auf das Außenthermometer schaue, denn es zeigt mir unverschämte 0° C an. Ich habe das Gefühl, dass heute nicht mein Tag ist und am liebsten würde ich wieder zurück in mein Bett steigen, welches sicherlich noch kuschelige Restwärme gespeichert hat. Aber über eins muss ich mir in Klaren sein:

Wenn ich jetzt diesem Drang nachgebe, wird mich folgend eine leidliche Stimmung vorübergehend begleiten. Schließlich befinde ich mich laut Trainingsplan in der letzten fordernden Woche. Die zwei darauf anstehenden, die den Zeitraum vor meinem Hamburg Marathon beinhalten, enthalten eigentlich nur noch einen Mix aus abschließendem Training und Regeneration.

Also, auf geht's.

Meine Gelenke sind schwergängig und die Muskeln bedürfen scheinbar der Erholung. Schmerzlich spüre ich meine linke Wade, in der bei jedem Schritt ein Ziehen stattfindet. Dahingegen meine ich, dass mein Herz-Kreislaufsystem aufgrund der zurückliegenden Trainingswochen gute Voraussetzungen für einen langen

Lauf entwickeln konnte. Meine Herzfrequenz ist ruhig und gleichmäßig und spielt auch bei höherem Lauftempo nicht verrückt.

Und dennoch – alles in allem kann ich mir in der momentanen Situation nicht vorstellen, dass ich in Kürze einen Marathon laufen werde.

Hatte ich nicht bewusst diesen anspruchsvolleren Trainingsplan ausgewählt, um beruhigter in den Wettkampf zu gehen?

Genau genommen fühle ich mich unsicherer als je zuvor! Entdecke mich sogar dabei, dass sich in mir Gedanken entwickeln, die eher auf eine Absage des Marathons hindeuten.

Augen zu und durch?

Alles auf sich zukommen lassen und mit der Philosophie »dabei sein ist alles« seinen weiteren Weg gehen?

Ist das die richtige Strategie?

Ich bin verunsichert!

Mal wieder liegt das Dorf Heisede vor mir.

Ich habe es mir zur Gewohnheit gemacht in unregelmäßiger Regelmäßigkeit meinem Freund »Stephan« bei einem langen Lauf kleine Geschichtchen in den Briefkasten zu werfen; sozusagen philosophische Sonntagslektüre für Schlechtwetterphasen. Diesmal handelt das aufgeschriebene von meinem letzten Lauf und umfasst neun taschenbuchgroß beschriebene Seiten. Als Gag habe ich diese mit der Schere zerschnitten, wobei ich natürlich zuvor in der linken oberen Ecke die Seiten geklammert habe, um grundsätzliche Orientierung vorzugeben. Diese losen Blattabschnitte fanden dann natürlich fein säuberlich in einem separaten Briefumschlag ihren Platz um folgend zusammen mit einer Schere und Klebeband, nur der Vollständigkeit halber, in einem A5 Briefkuvert die vorerst letzte Ruhe einzunehmen.

Mal sehen wie das ankommt.

Zu meiner Überraschung erlebe ich an diesem frühen Sonntagmorgen, vor dem betreffenden Wohngebäude, Stephan am Kofferraum seines Fahrzeuges hantieren. Ach ja, ich hatte ganz vergessen, dass zum heutigen Tag eine Einladung zu einer Konfirmation anstand.

Macht nichts, sage ich mir und laufe bewusst leicht-füßig zu ihm hinüber. Da ich meinen Eindruck schon verarbeitet hatte, nehme ich den seinen umso deutlicher entgegen und überspiele die Situation mit dem Hinweis: »Hallo Stephan, ich wollte nur etwas in deinen Briefkasten werfen!« Kurzer Dialog folgt, Stephan weist auf die im Kofferraum liegende – selbst gefertigte Konfirmationstorte hin, ….. und tschüss.

Im Hintergrund höre ich noch die Bemerkung: »Sieht gut aus wie du läufst!« Ich hebe die Hand und ziehe meines Weges.

»Ach Stephan, wenn du wüsstest!«

In Schliekum ist nach wie vor die Zeit um eine Stunde rückläufig, der Giftener See repräsentiert sich in träger

Gestalt und das St. Paulus Kirchengebäude versagt mir immer noch den Zugang zum Inneren.

Zunehmend wird mein Bewegungsablauf ungelenker und ich freue mich auf das Ende dieser Trainingseinheit.

Die Hoffnung, dass dieser momentane körperliche- und geistige Zustand nur ein unwesentlicher Bestandteil des gesamten Trainingssystems ist, gibt mir nur bescheidenen Halt.

Vorletzte Worte

Heute ist Montag der 18. April und in wenigen Tagen, genauer gesagt, am kommenden Sonntag, findet der Hamburg Marathon statt.

Seit drei Tagen schmerzt meine linke Wade fast durchgängig. Von der Achillessehne aufwärts bis circa mittig der Wade zieht es ungeheuerlich bei gewissen Bewegungsabläufen. Das seltsame hierbei ist, dass die ziehende Unannehmlichkeit bei kontinuierlicher Bewegung scheinbar nachlässt und sich sogar zeitweise verflüchtigt.

Respektive dessen ist also im Moment folgendes festzuhalten: meine linke Wade ist mit einer elastischen Binde gewickelt und um mich herum duftet es nach Sportsalbe; was mit nicht übergroßem Erstaunen von meiner Schwiegermutter, ich will nicht unerwähnt lassen, dass sie 90 Jahre alt ist, aufgenommen wurde, denn – Laufen ist doch ungesund, man könnte doch dabei stürzen und hilflos daliegen.

Es ist zum Mäusemelken!

Sollten elf Wochen intensives Lauftraining zu einem Marathon für die Katz gewesen sein?
Und überhaupt, auch diese Woche müsste ich noch zwei Läufe nach Trainingsplan absolvieren. Aber was

nützen mir zwei weitere Trainingseinheiten, die ich mit Schmerzen ausführe. Viel wichtiger wäre es doch am kommenden Sonntag gut regeneriert und wie selbstverständlich, schmerzfrei an den Start zu gehen.

Na ja, ich habe mir jedenfalls für heute einen Termin beim Sportarzt geben lassen. Mal schauen, ob die Medizin wirklich schon so weit ist wie sie manchmal in den Medien vorgibt. In medizinischen Fernsehsendungen jedenfalls repräsentiert sich diese berufliche Sparte oft nicht nur weißkittlig überlegen, sondern auch fast unendlich fortschrittlich.

Gestern hat mich zu meiner freudigen Überraschung der katholische Pastor angerufen.

Ich hatte ganz vergessen, dass ich bei meinem langen Lauf vor zwei Wochen in der katholischen Kirche »Heilig Geist« kurz eingelaufen war. Folgend schrieb ich den Text zu meinen Aufzeichnungen und wie es sich meiner Ansicht nach gehört, fertigte ich auch eine Informationskopie zu Händen des dortigen Pastors an und hinterließ diese im Briefkasten der betreffenden Kirchengemeinde.

Kurzum, das zirka zwanzigminütige Telefongespräch war nicht geprägt durch, wie doch so oft bei derlei Anlässen – oberflächlichem Geplänkel, sondern zeugte von wirklichem Interesse und gegenseitiger Achtung. Die Bandbreite der Unterhaltung reichte von diversen Fragen zum Marathonvorhaben bis hin zu Ansätzen philosophischer Themenbereiche.

Wie empfand ich den noch im Kirchenraum befindlichen Weihrauch – angenehm oder aufdringlich?

Auch schnitten wir in unserem Gespräch Bereiche an, die in der Rubrik »Glauben und Übersinnlichkeit« eingebettet sich befinden.

Ein gutes Gespräch mit Pastor Sorge, und dieses, obwohl ich dem Konkurrenzunternehmen, sprich der evangelischen Glaubensrichtung angehöre!

Am Ende unseres Telefonats wünschte er mir alles Gute zum bevorstehenden Marathonlauf in Hamburg und, so das Wichtigste, ich solle zusehen, dass ich die lange Wegstrecke gesund und munter hinter mich bringe, damit ich unversehrt den Heimweg antreten könne, und – er werde an mich zu gegebener Zeit, also während des Marathonlaufs, öfters denken. Vielleicht geschehe sogar eine Art von Energieübertragung, die er mir gern zukommen lassen wolle.

Ich verblieb dahingehend mit der Ankündigung, in nicht allzu ferner Zukunft auch einmal dem katholischen Gottesdienst in seiner Gemeinde beizuwohnen.

Ich komme gerade vom Sportarztgang zurück.

Wie schon zuvor angedeutet, gibt es nichts Neues auf dem medizinischen Sektor.

»Salben Sie Ihre Wade zweimal täglich, umwickeln Sie diese nicht allzu fest – aber dennoch so, dass diese stabilisiert und halt gibt, und kommen Sie bitte ab morgen – bis Freitag einmal täglich zur Reizstromtherapie.«

»Und überhaupt, aus medizinischer Sicht kann ich Ihnen nur Abraten den Marathon zu laufen.«

Na danke!

Motivationsgestärkt sitze ich nun wieder vor meinem Laptop und überdenke die momentane Situation.

Soll ich wirklich den Termin sausen lassen oder kann ich das Risiko eingehen, diesen Marathon zu bestreiten?

Unsicherheit durchdringt mich erneut!

Ich nehme mir vor die angesagten Termine in der Sportarztpraxis wahrzunehmen und die nächsten zwei- bis drei Tage bewegungstechnisch mich zurückzuhalten.

Aber das Vorhaben, den Hamburg Marathon zu laufen, werde ich nicht aus den Augen verlieren!

Wir werden ja sehen!

Wir werden ja sehen!

Wir werden ja sehen!

Wir werden ja sehen!

Hamburg Marathon

Auch im Nachhinein gelingt es mir nur schemenhaft meinen Marathon in Hamburg geistig an mir vorbeiziehen zu lassen. Vielmehr scheint es sogar so zu sein, dass sich dieser, ohne vorher sich mit mir abgeklärt zu haben, immer mehr verflüchtigt.

War es nicht so, dass ich auf diesen Lauf hin fast drei Monate lang trainiert habe?
   Was für Höhepunkte aber auch Niederschläge vollzogen sich in dieser Phase der Vorbereitung?
   Alles Vergangenheit und somit nichtig?
   Aus den Augen aus dem Sinn?

Und nun sitze ich hier vor meinem Rechner.

Es ist Samstag der 30. April gegen 7:00 Uhr morgens. Maus hat das Haus schon verlassen und ist sicherlich schon bei ihrem ersten Patienten eingetroffen und ich ertappte mich dabei, dass ich mühsam versuche einen geistigen Zeitsprung um sechs Tage zurück zu vollziehen. Das, was mir dabei am leichtesten fällt, ist, dass ich den abklingenden – leicht ziehenden Schmerz in meinem linken Fuß deutlich wahrnehme. Auch noch sechs Tage nach meinem langen Lauf in Hamburg besteht dieser auf Gegenwart, so als wolle er mir mitteilen: »Ich bin noch da, gegenwärtig und real!«

Diese 42,195 km sollten für mich eine andere, als die bislang gewohnte, Qualität annehmen.

Emil Zatopek, der legendäre tschechische Langstreckenläufer, hatte seinerzeit folgende Aussage getroffen:

»Willst du dein eigenes Leben kennen lernen, so laufe einen Marathon!«

Zeitsprung:

Freitag, der 29.4.- (Schule, mit Maus einkaufen ...) / *Donnerstag,* der 28.4.- (Girls Day: Lauri kommt zufrieden mit mir aus meiner Schule .... Auch mein Schulleiter Herr Z. hatte uns kurz in sein Büro gebeten.) / *Mittwoch,* der 27.4.- (ich tausche meine neuen Laufschuhe, die ich in Hamburg getragen habe, gegen ein anderes Modell um ...) / *Dienstag,* der 26.4.- (ich rufe beim Orthopäden an und sage den Termin ab. Wird schon besser; – regelt sich alles von allein!) / *Montag,* der 25.4.- (...).

Es ist **Sonntag** der **24. April 2005** – der Nachttischwecker zeigt auf unverschämte 4:15 Uhr in der Frühe:

Ich wache nach einer unruhigen Nacht auf und mit mir mein betriebseigener Fanclub. Maus, als auch Lauri wollen es sich nicht nehmen lassen mit nach Hamburg zu kommen. Ausgeschlafen sind wir alle nicht und mit müden Augen und trägen Gliedern bewegen wir uns mühsam Richtung Bad.

Und dennoch besteht ein wesentlicher Unterschied zwischen meinen beiden und mir, denn in mir baut sich zunehmend eine innere Spannung auf, die dazu beiträgt, dass ich äußerlich etwas ausgeruhter erscheine als ich es in Wirklichkeit bin. Zu diesem Zeitpunkt ahnt aber keiner, dass ich wirklich am überlegen bin, ob ich mich der Herausforderung »Marathon« heute überhaupt stellen sollte.

Der Frühstückstisch zeigt sich uns in ungewohnter Schlichtheit. Für mich ist eh nur ein leichtes Essen vorgesehen und Maus und Lauri bewahren sich wohl ihren Appetit für das Frühstück im Alster Pavillon auf.
Irgendwie hängt einem die Zeit im Nacken. Obwohl wir bewusst diese frühe Stunde gewählt haben, drängen sich mir nicht planbare Ereignisse auf – denn schon ein Stau auf der Autobahn könnte unseren Zeitplan arg in Bedrängnis bringen; und schon verstärkt sich mit diesem Gedanken die Vorstellung, dass die gestern angekündigte Umleitungsstelle auf der A7 umfangreicher und somit zeitaufwändiger sein könnte als wir eingeplant haben.

Wenn ich mir das recht überlege, beginnt eigentlich für mich schon jetzt in einer besonderen Art und Weise der Marathon. Vielleicht hätte man doch vor Ort eine Übernachtungsstelle buchen sollen.

Genau um 9:00 Uhr soll der Startschuss zum 20. Hamburg Marathon erfolgen und wir befinden uns immer noch im Schilderwald der Umleitungsstrecke, haben noch nicht einmal den Hannoverschen Großraum verlassen. Wie nebenbei nehme ich Hinweisschilder war, die uns den Weg zum Hannover Airport weisen. Sind wir nicht im letzten Winter diese Strecke schon einmal gefahren um zum Flughafen zu gelangen – London lässt grüßen.

Nun endlich wieder auf der Autobahn geht es zügig voran und ich stelle die Maßstabsdarstellung unseres Navigationssystems so ein, dass wir die Wegstrecke bis nach Hamburg auf einen Blick erfassen können. Der Nachteil hierbei ist allerdings, dass sich das Positionssymbol für unseren Standort kaum noch sichtbar auf der Karte des Displays in Fahrtrichtung bewegt, und das nervt! Maus hat die Augen geschlossen und lehnt ihren Kopf an die Nackenstütze, scheint zu schlafen. Lauri hingegen gibt sich optisch cool und hört über ihr Handy englische Radiosender ab – und mit versiegelten Ohren gibt sie mir lautstark kund, dass BBC in den Nachrichten über den Hamburg Marathon soeben berichtet hat.

Die Strecke zieht sich obwohl wir durchschnittlich mit Tempo 150 km/h fahren.

Mittlerweile ist es gegen 7:30 Uhr und wir befinden uns auf Hamburger Vorstadtgebiet.

Das Vorspiel zum Marathon geht weiter.

Noch 1 $\frac{1}{2}$ Stunden bis zum Start und kein Parkplatz auszumachen. Das Marathonklima zeigt sich uns zunächst durch Polizeipräsenz, Fahrzeugen der medizinischen Dienste und Einsatzkräften der Feuerwehr, diverse Straßenabsperrungen tun ihr übriges. Nur hier und da überrascht uns ein Sportler in Arbeitskleidung.

Ein Parkplatz ist gegen 8:00 Uhr gefunden und irgendwie sind wir alle genervt, stehen vor unserem Wagen und fragen uns, welche Richtung wir einschlagen müssen, um zu Fuß zum Messegelände zu gelangen, denn dort muss ich noch meine Startunterlagen entgegennehmen, den Laufchip überprüfen lassen und ein Sporthemd ordern. Dieses Outfit soll mich mit anderen Läuferinnen und Läufern als so genannte Weltrekordläufer zeichnen weil wir im Namen einer bekannten Sportfirma »zusammen« die bislang weltweit größte Laufmannschaft bilden. Und überhaupt, umziehen muss ich mich ja auch noch.

Also alles in allem scheint es doch reichlich knapp zu werden.

Da in unserer unmittelbaren Nähe keine Person anzutreffen ist die wir fragen könnten, verlassen wir uns auf unsere Instinkte und begeben uns hoffentlich und mit Gutglück auf den richtigen Weg. Und tatsächlich erkennen wir auch bald die Richtigkeit unserer Entscheidung, denn plötzlich befinden wir uns in einem Pulk von sportlich gekleideten Mitmenschen, die sich aus einem links von uns befindlichen Gang, wohl eher Tunnel, kommend uns anschließen, nein – eher uns aufnehmen und einbetten im Strom der zum Ort des Geschehens führt.

Keine zehn Minuten später betreten wir die Messehallen. Soweit es möglich ist, bewegen wir uns schnellen Schrittes zu den diversen Meldestellen und nehmen die noch fehlenden Unterlagen entgegen.

Beim Messestand des Sportartikelherstellers weist man mich darauf hin, dass in fünf Minuten der Fototermin zur Mannschaftsaufnahme stattfindet –

»Und wenn sie sich beeilen, dann schaffen sie es noch! Also, – ganz durch die vier Messehallen durch, dann links, die zweite …«, – Ich will nicht weiter hören was man mir sagt, ignoriere einfach alles weitere und entferne mich mit Maus und Lauri von diesem Ort. Hätte man diese Terminierung nicht schon vorher den Mannschaftsmitgliedern schriftlich mitteilen können?

Es ist gegen 8:30 Uhr und der Startschuss rückt in greifbare Nähe. Zeit also sich umzuziehen – aber wo? Weit und breit sehen wir keine Hinweisschilder, die auf Umkleidemöglichkeiten aufmerksam machen; also was bleibt mir mehr übrig als mich in einen Seitengang zu verdrücken. Auch ein Erlebnis der besonderen Art sich hier umzukleiden, denn zu meiner linken schlängeln sich Messebesucher durch die Gänge und zu meiner rechten finden scheinbar orientierungslose wieder auf den rechten Pfad und Durchschreiten ein weit geöffnetes Hallentor. Es zieht wie Hechtsuppe und die Außentemperatur, noch bei Ankunft in Hamburg betrug sie 3° C, beißt sich an mir fest.

Jetzt müssen wir nur noch den Startplatz »C« / Farbe »Grün« ausfindig machen, denn hier beim Hamburg Marathon wird aus drei Bereichen heraus der Lauf begonnen. Also, bloß schnell aus der Halle raus und auf geht's.

Schon nach kurzer Zeit finden wir den Ort, von dem das eigentliche Geschehen seinen Lauf nehmen soll. Kurze Sichtung der Sachlage im Startbereich, schnell noch die Sporttasche am Sammelpunkt abgeben –

»Wir sind zwar für die Startnummern 1000 bis 3000 zuständig aber nur für die Läuferinnen; bitte stellen sie sich drei Lastkraftwagen weiter rechts an!«, also erneut Anstellen …, und dann zurück »Marschmarsch« zum Startpunkt.

Mir fällt auf, dass ich vor lauter Hektik versäumt habe, die Bananen aus der Sporttasche zu nehmen; muss also auch so gehen, ohne vorherige Vitaminbombe, sage ich mir und nehme an Stelle dessen einen reichliche Schluck aus der Wasserflasche.

Es ist verflixt kalt. Auch Maus ist die Kälte sehbar ins Gesicht geschrieben. Nur Lauri scheint sich ziemlich fit zu fühlen, schaut sich interessiert um und beschäftigt sich zuweilen mit dem Fotoapparat. Worte wechseln wir kaum und insgeheim wartet wohl jeder von uns darauf, dass der Startschuss fällt.

Noch drei Minuten, so schallt es aus den Lautsprechern und so begebe ich mich nach flüchtigen Abschiedsküsschen in meine Startposition, stelle mich in Erwartung auf und versuche mich in die Situation einzufügen. Können 180 Sekunden so lange dauern, frage ich mich und erfahre von meinem gegenüber, so als wäre mein Gedanke hörbar gewesen, die Antwort auf meine innerlich gestellte Frage, die da lautet:»Na ja, in 15 Minuten sind wir auch dran. Zuerst startet Farbe »Orange« auf der gegenüberliegenden Straßenseite. Arschkalt hier heute.«

Ein verhaltener Schuss, eher einem Rohrkrepierer gleichend, ist zu vernehmen. Die Laufgruppe »Orange« beginnt sich zu bewegen; nein, nicht dass die Masse Mensch dort und an dieser Stelle die eigentliche Laufrichtung einnehmen würde, nein, sondern überwiegend aufwärts strebend, sozusagen auf der Stelle hüpfend, so repräsentiert sich der Beginn den hier anwesenden Hobbysportlern.

Hamburg Marathon – Vor dem Start

Dann, doch zügiger, bewegt sich die Läuferschar Mensch in die erhoffte horizontale Richtung, wird schneller und noch etwas mehr – aber nicht zu viel, gleich bleibend, ausdauernd, hoffentlich bis zum Ziel.

Auch wir, die tausende von Läuferinnen und Läufern der Startgruppe »Grün«, hüpfen auf der Stelle; hüpf und nochmals hüpf, – vor Kälte?!, vor Erwartung?!

Der Startschuss fällt auch für uns! –

Der Startschuss fällt auch für mich!

Hüpfen, Gehen, schneller Gehen, Joggen, leichtes Laufen bis hin zum Marathontempo.

Hamburg Marathon – Nur noch wenige Sekunden

Auf Höhe der eigentlichen Startlinie, jeder Teilnehmer trägt am Schuh einen Chip, der das Überschreiten der Startmatte festhält, zeitliche Benachteiligungen sind also ausgeschlossen, schreien mir Lautsprecherboxen in die Ohren und wollen mich davon überzeugen, dass ich schon jetzt ein Champion bin. Und obwohl ich mir durchaus darüber bewusst bin, dass diese vermeintliche Feststellung doch wohl an dieser Stelle mehr als nicht zutreffend ist, spüre ich, dass sich in mir eine Stimmung vergegenwärtigt, die die Voraussetzung schafft sich auf einen Marathonlauf einzulassen.

Mein Marathon beginnt!

Nach und nach löse ich mich von dem Vorspiel zu diesem Marathon. Obwohl ich noch nicht meinen optimalen Laufrhythmus gefunden habe, gelingt es mir relativ schnell mich Freizulaufen und mit diesem Gefühl verblassen zunehmend alle dominierenden Gedanken. Ich bin mir sicher, dass in den kommenden Stunden jeglich- angebliche Wichtigkeit nicht nur in den Hintergrund tritt, sondern sogleich, zumindest vorübergehend, ganz und gar an Bedeutung verliert; nur eins gewinnt Präsenz:

– der Weg mit dem Ziel!

Der Weg und die damit verbundenen »Wahrnehmungen in Körper und Geist«!

Das Ziel mit der »Erlösung« und dem »Wohlgefühl«!

Ich fühle mich gut und durch die Bewegung gewinnt mein Körper Energie, um die noch vor wenigen Minuten spürbar- nagende Kälte in mir zu vertreiben.

Meine Herzfrequenz bewegt sich im Bereich zwischen 120 und 128; die bislang verstrichene Laufzeit ist für mich momentan ohne Bedeutung. Was mir aber schon bei dieser Feststellung auffällt, ist, dass ich schon in die Reeperbahn einschwenke. Mir kommt es so vor, als ob ich mit einem Fahrzeug nicht schneller hätte sein können.

Links das Operettenhaus. Erst vor wenigen Wochen waren wir in diesem – zum Musical »Mamma Mia«. Eine wirklich beeindruckende Vorstellung mit guten Darstellern, einer bewegenden Handlung mit Spritzigkeit, aber auch mit zum Nachdenken- anregenden Momenten und natürlich mit den unvergessenen Musikstücken der Gruppe ABBA.

Sehe ich nicht dort Mitglieder des Ensembles stehen?

Ich vergleiche während des Laufens meine gedanklichen Vorstellungen mit der nun sehbaren Wirklichkeit der sündigen Meile und dem weltweit bekannten Namen »Reeperbahn«. Ich bemühe mich Spektakuläres zu erblicken, aber derlei zeigt sich mir nicht. Mein Blick schleicht sich bis weit in die engen Seitengassen hinein, aber außer scheinbar schmaler werdenden Gebäudeteilen mit teilweise maroden Fassadenfronten, und, sicherlich –, die mit bunter Lichtreklame das so genannte sündige Gewerbe anpreisen, kann ich nichts Erregendes ausfindig machen. Nur ein Hauch von Abenteuerlust, nein, nicht das was man vielleicht darunter hier und an diesem Orte verstehen möchte, umweht mich, nein –, überraschend entwickelt sich in mir eine Vorstellung, welche mich in verwinkelte Gassen entführt, dunkel und geheimnisvoll, alte Handelssegler, die vor Anker oder mit bis zum bersten geblähten Segeln unweit der Schatzinsel …, und die Besatzung – verrucht und skrupellos, braunschwarz die Haut wie gegerbt, Ledern, und mit Dreck unter den Fingernägeln, Dreispitz auf dem Kopf und Rum in der Kehle, hundert Mann auf des toten Manns Kiste, so sangen sie, singen jetzt … – rechtlose Piraten (?), Revolutionäre vergangener Zeiten (?). Nur der ehrbare Bürger, der Angepasste, der Nichtssager, der Schmeichler, der Durchschnitt, das Mittelmaß, ja, der und der, auch die, oder ich (?), wohl … wir – stören bei diesem Lauf der Gedanken.

Der lange Lauf weitet sich, unbeschwert leicht und unscheinbar trügerisch, entfernt sich zunehmend von dem, was man »Alltäglichkeit« nennt, nimmt mich mit, und so als wolle dieser sich mir offenbaren, zeigen und fühlbar machen wie klein das Wesen »Mensch«, also auch ich, doch eigentlich bin im Raum dieser Realität des »HIER« oder meinetwegen auch »DORT«, so »WEIT« spürt es sich an, so »FERN« und unerreichbar bleibend und gleichzeitig auch dort flüchtig.

Die Elbe riecht nach Wasser, Natur und dem, was der Mensch ihr antut.

Schon befinde ich mich auf der Elbchausee. Wie in Schnur gezogen die Gerade der Strecke, links der Uferbereich, rechts die lieblichen Gebäude, die mit den Jahren gereift Tradition bezeugen und dazu die Baumallee, die Schatten spendet.

Wo bleibe ich in diesem Spiel der Eindrücke und Gefühle? Oder ist es gerade das, was mich ausmacht?

Noch zirka hundert Meter bis zur nächsten Verpflegungsstation; übrigens die zweite. Ich greife einen Wasserbecher und noch einen dazu denn Trinken ist das »A und O« bei einem Marathonlauf. Das Hamburger Leitungswasser schmeckt gar nicht so schlecht. Oder sind meine Ansprüche schon jetzt dermaßen abgeschliffen?

Der Lauf geht weiter und ich wundere mich, dass ich mich nach wie vor herrlich fit fühle. Vorgestern noch schmerzte meine linke Wade dermaßen, dass ich mir eigentlich nicht vorstellen konnte diesen Lauf zu bestreiten. Erst gestern milderten sich die Beschwerden.

Aber noch ist nicht aller Tage Abend!

Wenig weiter vorn in der Läufergruppe verhaltene Jubelrufe.

Der Grund: die ersten *10 Laufkilometer* liegen hinter uns! Meine Stoppuhr zeigt mir –

1 Stunde und 5 Minuten …!

In mir steigt ein Gefühl der Zufriedenheit auf, schließlich waren die letzten zwei Wochen eher mit Problemen behaftet und jetzt, … jetzt die Ernte aller Vorbereitungen!?

Ja, ich denke es mir richtig – aller Vorbereitung; nicht aller Mühen, wie man doch sooft gut und gern mit dieser Satzformulierung von sich gibt. Die Vorbereitung auf einen Marathon ist gleichwertig mit dem Marathonlauf selbst und die darin enthaltenen positiven, wie aber auch negativen Momente gehören einfach dazu wie – das Salz in der Suppe, Schönheit und Hässlichkeit in dem was uns umgibt, Licht und Schatten ….

»Willst du dein eigenes Leben kennen lernen, so laufe einen Marathon!«

Ein Verführungsgedanke entwickelt sich in mir und versucht mich davon zu überzeugen, dass ich doch eigentlich eine Kohle auflegen könnte um etwas schneller zu werden. Parallel zu dieser Überlegung überschlage ich rechnerisch meine Marathonendzeit bezogen auf dieses Lauftempo. Noch habe ich mich nicht entschieden; Unsicherheiten stellen sich mir entgegen und das, was ich vor mir erblicke, verwirft sofort weitere Spekulationen denn am Straßenrand liegt ein junger Läufer der medizinisch versorgt wird. Der Notarzt misst den Blutdruck, ein Helfer faltet eine Decke zur Kopfunterlage und der Niedergeschlagene, ja, der Betroffene selbst, hält seinen Tropf in die Höhe; hoch, höher – noch etwas, wird eindringlich angedeutet. Fast sieht es so aus, als vollzöge dieser eine gymnastische Dehnübung; nur der fehlende, lächelnd- freundliche Gesichtsausdruck gibt zu denken und macht kritisch. Ich will nicht weiter hinschauen, ich will meinen Blick abwenden von dem was sich dort tut und dennoch fällt es schwer dieser Szenerie mit den Augen zu entfliehen.

»Gestalte deinen langen Lauf so, so dass du immer das Gefühl hast, du könntest schneller laufen!«

Dieser Gedanke schießt mir in den Kopf und holt mich endgültig zurück. War diese Aussage nicht in der Fernseherreihe von Null auf 42 gefallen? Gut ist's und vernünftig denn 32 km liegen noch vor mir! Die Kräfte müssen intelligent eingeteilt werden und Steigerungen sind auch noch später möglich!

Also, – ich habe mich entschieden.

Die Hafenanlage mit deren hoch aufragenden Kränen und dessen Betriebsamkeit zeigt sich und bietet ein imposantes Bild; davor kräuselt sich verspielt die Oberfläche der Elbe im Sonnenlicht; der Wind hartnäckig nasskühl befeuchtet die Haut.

Die Landungsbrücken St. Pauli kommen in Sicht. Tausende von Schaulustigen besäumen die Laufstrecke, Klatschen in die Hände, Rufen und Schreien, Pfeifen mit spitzem Munde oder sonst wie, hantieren mit allerlei Gerätschaft um Rattern, Knattern, Schnarren von sich zu geben.

Vor mir läuft King Kong. Bepelzt vom Kopf bis zu den Waden; nur die Füße geben Aufschluss darüber, dass dieses Wesen der Gattung Mensch angehörig ist. Welch eine Marter legt sich dieser Laufsportbegeisterte auf.

Die Stimmung an diesem Ort ist unbeschreiblich. Ich fühle mich als Bestandteil eines Kollektivs –

ALLE FÜR EINEN, EINER FÜR ALLE!

Die Prachtstrecke nähert sich dem Ende und die Laufrichtung führt dabei leicht links, etwas abwärts geneigt in einen Tunnel hinein, wohl eher eine Röhre. Einspurig schlängelt sich die Läuferschar in das Gewölbe hinein; Licht, also ein Ende dieses Bauwerks, ist nicht zu erblicken denn noch laufe ich hinab, bewege mich tiefer hinunter um dem was über mir ist im Sicherheitsabstand zu entgehen.

Eine Welle von aufschwingenden Läuferhänden entwickelt sich zunehmend und bewegt sich rückläufig, also entgegengesetzt der Laufrichtung, so als wolle diese sich unserem Drang nach vorn entgegenstellen, Ziel und Ende der Unternehmung Marathon verhindern – zumindest verzögern. Näher und näher kommt sie mir und wie hoch sie scheint. Hochspringen will ich, – jetzt, – nein, es ist noch nicht soweit. Ich möchte Bestandteil dieser

Welle sein! Und jetzt, ja, in diesem Moment bin ich es, springe im Laufen hoch und strecke beide Arme von mir; die Finger lang und gespreizt, so als müsste ich aus meinen Fingerkuppen Funken sprühen, so als müsste ich Energie freigeben um neue empfangen zu können. Ich Blicke zurück und lasse das los, was ich soeben noch war, gebe weiter, was sich von mir unweigerlich entfernen muss und dem absehbaren Ende nähert; oder sollte es sich zu einem anderen Anfang wandeln?

Scharfe Biegung links; vergitterte Wegungen nehmen der Binnenalster das Aussehen. Baustellenfeeling befremdet und neutralisiert das Schöne bis hin zum Unansehnlichen.

Ob Maus und Lauri schon im Alster Pavillon sich befinden und es sich gut gehen lassen?

Es ist der Laufkilometer 14.

Langsam aber sicher entferne ich mich vom Jubel der Umstehenden und so, so als müsste es so sein, ebbt sich das Hochgefühl in mir. Die Läuferschar, und ich mit ihr, wendet sich vom Stadtzentrum ab und schwenkt im großen Bogen auf die Binnenalster zu. In Laufrichtung links die große Alster; weißflächig repräsentieren sich zahlreiche Segelboote im Sonnenlicht, kleine wie große, gemächlich hinfahrende, aber auch im rechten Wind sich stellende Boote, die fast gehetzt erscheinen und das Wasser aufschäumend durchpflügen.

Vor diesem Szenario ein kleiner Spazierweg auf dem Einzelgänger und Pärchen, Jogger und Joggergrüppchen, Vater- Mutter- Kind, den heutigen Morgen ungezwungen genießen.

Vater- Mutter- Kind?

Hierzu fällt mir – Stadt, Land, Fluss ein. Zu meiner Kinderzeit ein beliebtes Gesellschaftsspiel, welches auch auf keiner Geburtstagsfeier ausgelassen wurde. Kennen die heutigen jungen Menschen dieses Gesellschaftsspiel noch? Oder hat Computerspiel- Video & Co ihr übriges getan?

Lichte Gehölze, die auf Rasensaum gepflanzt und mannshoch sich ädern recken, deuten den Übergang zur Fahrbahn, welche heute eine Laufbahn ist, an.

Und rechts von mir die Show; hochherrschaftliche Gebäude mit ihrem Prunk. Die Vorgärten so flächig groß wie Fußballfelder; – kennen Sie Uwe Seeler noch?, wo ist der Stürmer mit der Nummer 9?, will hier keiner so schnell laufen bis zum Ziel, wo das gegnerische Fußballtor förmlich wartet auf den Schuss, … auf den Torschuss, der trifft und Jubelschreie entreißt?

Vor den Vorgärten und noch etwas davor, sprich: am Straßenrand – »Picknickkorb« in dem sogar das Tischbesteck sich erhängen lässt in Schlaufen, auch Teller und Tasse professionell Unterschlupf findet und vor dem Zerbrechen geschützt; nur die dazugehörige Nahrung lässt sich suchen und hier nicht finden. Frühstückstisch gedeckt mit Deckchen passend und Gartenstuhl geschwungen in der Form, sitzt Mensch gepflegt und mit Blick zur Alster, oder vielleicht zur Läuferschar, irgendwie suchend, irgendwie Distanz aufbauend, irgendwie abwesend.

Die Alster liegt hinter mir und zunehmend wandelt sich die Hochglanzmetropole Hamburg zum Orte »Überall«.

Hochaufragende Wohngebäude fassen die Laufstrecke wie zu einem Kanal der die Flussrichtung vorgibt.

Ich nähere mich dem Laufkilometer 19 und als ich mir in diesem Moment der Tatsache klar werde, dass die Halbmarathonmarke kurz bevorsteht, meldet sich meine linke Wade, so als müsste diese sich fühlbar machen und Anwesenheit signalisieren.

Muss ich schon jetzt in ein Leiden kommen?

Wie soll der Lauf nur weitergehen?

Besitze ich genug »Ich – Stärke«, um diese kritische Phase zu überwinden?

Ich weiß nicht!

Vor mir das Hinweisschild – »*20. Laufkilometer*«. Auf gleicher Höhe mit diesem nehme ich die Zwischenzeit und stelle überraschenderweise fest, dass ich die *zweiten 10 km* tatsächlich etwas schneller gelaufen bin als die ersten. Meine Laufuhr zeigt mir *1 Stunde und 4 Minuten* an, das heißt: um zirka 60 Sekunden bin ich flotter auf den Beinen gewesen!

Am Halbmarathonpunkt – Stau vor der Verpflegungsstation. Mir fällt auf, dass meine Mitläuferinnen und Mitläufer mit zunehmender Laufdistanz ruhiger werden. Die Redseligkeit scheint bis auf ein Minimum heruntergefahren, beziehungsweise ganz eingestellt, zu sein. Verschwitzte Gesichter, hier und da Augenringe und schwerfälliger Gang. Auch ich nehme mich von diesem Bild nicht aus. Nur die Sache mit dem Spiegel vorhalten ist im Moment so ein Problem. Und dennoch, wenn ich meine Wadenprobleme einmal ausklammere, geht es mir im Moment doch ziemlich gut; der Bewegungsablauf läuft rund und meine Herzfrequenz liegt bei ungefähr 142.

Der lange Lauf geht weiter und führt uns in die Nordstadt Hamburgs.

Meine Wadenprobleme beharren auf Bestand und bereiten mir zunehmend Sorge. Ich spüre förmlich, wie ich nach motivierenden Momenten dürste. Meine Bedenken, um meinen momentanen Zustand bringen mir in Erinnerung, dass Pastor Sorge versprochen hatte, am heutigen Sonntag, kurzweilig an mich zu denken – und diese innere Vorstellung hierzu gefällt mir, holt mich zurück zu positiven Wahrnehmungen und mildert einklammernde Gedanken.

Abklatschen will ich, Energie abzapfen von den Personen, denen ich im Vorbeilaufen meine Handfläche entgegenhalten. Also, Schlenker nach rechts, dann den rechten Arm ausgestreckt wie zum Signal der Richtungsänderung und … Klatsch, und noch einmal, und noch einmal, und …, genug.

26. Laufkilometer. Meine Probleme mit der Wade nehmen zu. Was anfangs noch ein Ziehen war, wandelt sich mehr und mehr zu einem Schmerz.

Wie viele Kilometer liegen noch vor mir? 42,195 – 26 gleich …? Ich stelle fest, dass das Lösen von mathematischen Aufgaben im Moment fehl am Platze ist und greife an Stelle dessen zu meinem Handy, welches ich in einer Tasche am Trinkgurt verstaut habe. Ob Maus und Lauri noch bei Tische sitzen, Eis und Pudding zum

Nachtisch, bitte noch ein Espresso? Handynummer gewählt, ... – »Der Teilnehmer ist im Moment nicht ... bitte hinterlassen Sie« ...:»Hallo Maus, mir geht es gut, melde mich nachher noch einmal!«, flunkere ich der Dame vom Band ins Ohr und drücke enttäuscht die Austaste. Ich brauche Zuspruch und wähle die nächste Telefonnummer. Und tatsächlich, diesmal scheint es zu klappen. Mit dunkler Stimme meldet sich Dirk ... Kna ....»Alles Gute, und – halte durch, du schaffst das!« höre ich noch, der Rest geht unter im Trubel, der mich umgibt. Klasse-, wie auf Knopfdruck fühle ich mich gut und meine körperlichen Probleme scheinen wie von selbst in den Hintergrund gedrängt.

Der *30. Laufkilometer* kommt in Sicht, und beim Überlaufen der Marke stelle ich unglaubliches fest: – tatsächlich waren meine *dritten 10. Laufkilometer* die Schnellsten, denn in nur *59 Minuten* habe ich diese Erlaufen! Satte 5 Minuten war ich diesmal schneller auf den Füßen als bei der Messung zuvor; und wenn das so weitergeht ...!?

Ich greife erneut zum Handy und versuche meinen Freund, Stephan, der sich momentan im Urlaub an der Nordseeküste befindet, zu erreichen.»Stephan Kieß ...«, was –, du läufst mit Handy? ... Tatsächlich?« ..., der Rest geht mal wieder unter im Getöse, aber das ist für mich ohne Belang, denn ich fühle mich erneut aufgetankt und gestärkt.

Die Laufpsychologie besagt, dass ein Marathon dem Läufer folgendes Angebot macht: »Ich führe dich deswegen ins Leiden, weil du die Chance erhalten sollst, dich durch andere oder anderes, Weitertragen zu lassen!«

Es ist der 35. Laufkilometer.

Ein kurzer, heftiger Schmerz im linken Fuß lässt mich innerlich Aufschrecken. Mein Fuß sticht wenn ich diesen abrolle und lässt mich mehr Hinken als Laufen. Zum ersten Mal denke ich daran, meinen Lauf abzubrechen! Und während ich mehr schlecht als recht mich weiter vorwärts bewege, beginnt in mir das Abwägen:

Macht es noch Sinn weiter zu laufen?

Nur noch 7 km bis zum Ziel!

Nicht um jeden Preis muss ich die Ziellinie überlaufen!

Aber ist es nicht auch so, dass der Marathon den Menschen auf eine lange Distanz schickt, damit er diese überwinden lernt?! Die 42 km und 195 m sind buchstäblich darauf angelegt, dass der Mensch notgedrungen in ein Leiden kommen muss, dass ihn an einen Punkt führt, an dem er scheinbar nicht mehr weiter kann?! Und ist es nicht ebenso von großer Bedeutung, dass der Läufer, an dieser entscheidenden Stelle, sich zerbrechlich fühlen muss – dort, wo der »Mann mit dem Hammer« ihn zu zerschlagen droht, um aus der so genannten »Ich – Verkleinerung« heraus, die Möglichkeit zu haben, sich durch Selbstüberwindung zu stärken?

»Willst du dein eigenes Leben kennen lernen, so laufe einen Marathon!«

Vor mir liegt die Partymeile des Hamburg Marathons – der »Klosterstern«.

Tausende von Schaulustigen säumen die Laufstrecke. Eine Band schmettert über große Lautsprecherboxen den Song »We are the Champions« zu uns Läufer herüber; und die Menge tobt. Arme werden empor geführt, so als wolle man die Töne haschen um diese zu sich zu nehmen, Energie einholen, Medikament mit dem Namen »Motivation«. Rechts von mir, auf einem Balkon eines Wohnblocks, tänzeln drei knapp bekleidete junge Damen im Rhythmus der Melodie und halten dabei gut gefüllte Sektgläser in die Höhe, so als wollte man uns zuprosten, Vorgeschmack bieten auf das, was bei Überschreiten der Ziellinie in Erwartung steht.

Links von mir, auf dem Grünstreifen, vermutlich dort wo sonst die Hunde … reihen sich aufgestellt Massagebänke; schätzungsweise an die dreißig bis vierzig und mit dazugehörigem Fachpersonal in doppelter Ausführung, sauber weiß gekleidet, sicherlich auch wohlriechend, Lagerfeld lässt grüßen und Joop winkt mir zu, sehe ich da nicht Claudia Schiffer (?) – verführerisch zum sich Fallen lassen.

Ich will mich Ergeben; zumindest vorübergehend!

Kaum lichtet sich eine Pritsche, der Andrang hier ist groß, nehme ich den noch zuvor belegten Platz ein, spüre Resthitze meines Vorgängers, Strecke mich aus und noch etwas mehr; welch eine Wohltat.

Dennoch, die Situation bietet sich mir eher futuristisch an denn die lautstarke Musik, die Partystimmung mit den um mich herum Feiernden und die Freiluftmassage vor Ort, ist für mich nicht stimmig. Dennoch genieße ich das Durchkneten; wie viel Zeit ich durch dieses Auftanken eingebüßt habe, entzieht sich meiner Beurteilung; mag sein, dass Zeit für mich auch keine Rolle mehr spielt.

Ist Zeit nicht relativ?

Überraschenderweise stelle ich fest, dass meine linke Wade nicht mehr schmerzt. Die Fußprobleme beharren allerdings auf Bestand, scheinen sich aber dahingehend etwas zurückzuziehen; Wartestellung, Ruhe vor dem Sturm?

Mein Bewegungsablauf vollzieht sich etwas flüssiger und nur noch wenige Kilometer liegen vor mir denn das Hinweisschild *40. Laufkilometer* zeigt an, dass der Marathon sich dem Ende zuneigt.

Meine *vierten 10. Laufkilometer* lief ich in *1 Stunde und 21 Minuten*. Aber egal, denn nicht nur der Weg und die dazugehörige Laufzeit kann zum Betrachtungsfaktor werden, sondern auch das Ankommen, jedenfalls bei einem Marathon!

Wieder und immer wieder feuern uns Laufsport begeisterte Zuschauer an, Klatschen in die Hände, rufen Bravo und weiter so; spenden Kraft für die Reststrecke die für sich genommen eher niedlich erscheint.

Und da sehe ich am rechten Straßenrand Maus und Lauri stehen, Hände klatschend, sich umschauend, -suchend.

Blicke treffen sich, kleiner Schlenker nach rechts, kurzer

Laufstopp, Mausküsschen, Lauriküsschen – der situationsbedingt auf dem Mund landet (wisch und weg),»Achtung: Papi – Foto«, und Lauri macht … Klick (»lauf weiter, du schaffst es« – und ich laufe weiter der Ziellinie entgegen; irgendwie benommen von dem was mich umgibt, irgendwie benommen von dem was ich fühle.

Mit einer Laufzeit von *4 Stunden 58 Minuten und 28 Sekunden* überlaufe ich die Ziellinie als Finisher!

Hamburg Marathon – Kurz vor dem Ziel

Und während ich versuche dieses Erleben tief zu inhalieren und mich dessen bewusst zu machen, fühle ich mich als Gewinner – denn jeder, der einen Marathon als Finisher beendet, ist ein Gewinner; – ein Marathoni!

Mit gut sichtbarer Finisher – Medaille pilgern träge Menschenmassen zu den Duschhallen. Auf dem Boden breiten sich in die Fläche zertretene Pappbecher aus und weisen die Richtung.

Das Duschwasser ist nicht wirklich warm, eher kalt, und dennoch tut es gut denn die aufgeheizten Körper kühlen sich im Nass des niederrieselnden Elements Wasser.
Vor den Messehallen haben wir Lindemänner uns verabredet. Wir werden gemeinsam noch einmal in diese hineingehen, um uns umzuschauen, ohne Zielvorgabe, einfach nur so. Lauri wird sich eine Schirmmütze kaufen und dazu genießen wir drei, je ein Eis.

Der Weg wird uns zurück zu unserem Wagen führen, wir werden in diesem sitzen und die vom Fischstand gekauften frischen Krabbenbrötchen genüsslich verzehren; wir werden Zeit haben.

Und während bereits Straßenreinigungsfahrzeuge in Formation die Hinterlassenschaften auf der Laufstrecke, die in Kürze wieder eine Fahrbahn sein wird, aufkehren, läuft eine Sportlerin in die Zielgerade ein, um dort die Ziellinie zu überschreiten – auch sie wird eine Gewinnerin sein.

> »Willst du dein
> eigenes Leben
> kennen lernen,
> so …..!«

Abschließende Worte und Danksagung

Eigentlich ist alles mitgeteilt –der lange Lauf in all seinen Facetten, die da sind:

»Erlebnisse und Begebenheiten, Gefühle, Empfindungen wie auch Fantasien, oder einfach nur Segmente aus einem Trainingsplan, und vielleicht noch etwas Beiwerk.«

Ach ja, ich habe mich für den Köln Marathon, der dieses Jahr am 11. September stattfinden wird, angemeldet; schaun wir mal!

Ich möchte allen danken, die mich animiert und unterstützt haben in meinen Vorhaben.

Meiner Hausärztin, die mich vor Jahren ansprach mit dem Satz: »Gehen sie in den Wald und hacken sie Holz – oder betreiben sie eine Ausdauersportart, am besten Joggen!«

Herzlichen Dank, auch im Namen meiner Familie, für die jahrelange- sehr gute Betreuung über so manche schulmedizinische Sichtweise hinweg!

Stephan, der immer interessiert daran war, wie das bei mir mit dem Laufen so ist; keine Stunde Unterhaltung war diesbezüglich zu viel für mich. So manche Minute offen ausgesprochene Bewunderung und Anerkennung, auch im dabei sein mit anderen, habe ich genossen und dabei ist Stephan selbst jemand, dem aufgrund seiner Aktivitäten, Anerkennung gezollt werden müsste.

<u>Oma Lene</u>, meine Schwiegermutter, die mit ihren 90 Lebensjahren immer besorgt um mich war und mich oft genug mit guten Ratschlägen versorgte –

»Junge, pass bloß auf, dass du nicht hinfällst beim Laufen; du hast ja kein Hündelchen mehr, das dann Hilfe holen kann, wenn du dann da liegst.«

Im Kreislauf der Natur ist
»Ende und Anfang«
gleich.

Und dieser Feststellung zufolge beginnt meine Danksagung eigentlich erst jetzt so richtig:

Meiner **Tochter Laura, »Lauri«** genannt, die von der praktischen Seite aus gesehen immer dafür zuständig war, bei Wettkämpfen die Aufgabe der Fotografin zu übernehmen. Die auch Unterstützung im Alltäglichen leistete, wenn Maus zum Abenddienst war und ich mich zum Beispiel mal knapp in der Zeit befand, der Geschirrspüler allerdings nach Ausräumen schrie.

Und nicht zuletzt meiner **lieben Ehefrau Waltraud**, in meinen Aufzeichnungen »**Maus**« genannt, die immer besorgt um mich war und lieber einmal mehr nach meinem Befinden fragte. Über Wochen und Monate hinweg gestaltete sich so manches Mal der tägliche familiäre Ablauf nach meinem Trainingsplan. Bei diversen Sportverletzungen erfuhr ich nicht nur fachlichen Rat sondern auch praktische- liebevolle Fürsorge. Auch das gemeinsame Joggen war für mich eine wertvolle Unterstützung und das nicht nur zur Trainingserfüllung, sondern auch von Bedeutung, was das gemeinsame Miteinander betrifft.

Sarstedt, den 27. Mai 2005
Thorsten Lindemann

Nachsatz

Am Sonntag den 05. Juni 2005, bei einem langen Lauf, war die Kirche – St. Paulus, in Giebelstieg für mich nicht verschlossen!

Vielmehr standen die Tore einladend auf und brennende Kerzen schmückten den Altar; es befand sich keine Menschenseele im Kirchraum selbst. Nur aus einem Nachbarraum drangen verhalten Geräusche zu mir vor.

Eigentlich hatte ich mir vor mehr als einem Jahr vorgenommen, zu dieser Situation, eine Runde in dieser Kirche zu laufen; nunmehr ging ich gemächlich und mit ruhigem Schritte,

gedankenverloren –

DARF ICH SIE NOCH ETWAS FRAGEN?

?

?

?

Ist Ihnen die versteckte Mitteilung

im Text -

»MEIN ETWAS

TRÄUMTE MIR«

aufgefallen?

?

?

(---- denn das betrifft auch Sie! ---)

Über das Buch und über den Autor

Ist der Marathon- bzw. der lange Lauf an sich eine Philosophie?

Für Thorsten Lindemann ist das Laufen jedenfalls eine Sportart mit meditativen Nebenwirkungen und sie wird auch so von ihm erlebt.

Was ein Langstreckenläufer so sieht, denkt und fühlt, ist somit Gegenstand lauflustiger aber auch tiefsinniger Geschichten, die der Autor in seinen teils philosophisch angehauchten, teils mit laufsportlichen Informationen gespickten Aufzeichnungen eingebunden hat.

Jede seiner unterhaltsamen Erzählungen schildert sowohl Lauferlebnisse und die damit verbundenen Reflexionen des Läufers, als auch exakte sportliche Aktivitäten vor und nach dem Lauf.

Es erwarten die Leser daher keine langweiligen Schilderungen eines einsamen Langläufers, sondern faszinierende Berichte über innere und äußere Wahrnehmungen geistiger und körperlicher Art, die Läufer während der Vorbereitungsphasen und eigentlichen Läufe machen.

Was denkt ein Läufer bei einem langen Lauf auf der Strecke, wenn sich im Körper Sauerstoff im Überschuss bildet? Gedanken seien dann nur phasenweise greifbar, schreibt Thorsten Lindemann. Sie würden aus sich selbst heraus an die Oberfläche dringen und verschüttete, oft erstaunliche Daten des Daseins auftauchen lassen. Beim Laufen werden aber auch die Beobachtungen schärfer.

Vieles von dem, das man im normalen Trott auf der Straße nur unbewusst wahrnimmt, wird vom Langstreckenläufer fokussiert und hinterfragt. Der Alltag im Schweiß schärft – so zeigen die Geschichten – auch die Sinne für das eigene Körpergefühl.

Die hier dargestellten Wochen und Monate eines Laufsportlers spiegeln den Langlauf in allen seinen Facetten:

Erlebnisse und Begebenheiten, Gefühle, Empfindungen und Fantasie.

Trainingspläne, Empfehlungen und Tipps rund um Herzfrequenz, Laufstil und geeignetem Schuhwerk krönen die erfrischende Lektüre, die ein Muss für Laufsportveteranen und ein Appetitanreger für Leser ist, die mit dem Laufsport liebäugeln oder schon erste Erfahrungen gemacht haben.